齐鲁文化
研究文库

# 四书研究

〔日〕日本教育学会 著
王向荣 译

# 齐鲁文化研究文库

学术委员会主任：陈　来

　　　　副主任：王志民

委　　员（按姓氏音序排列）：

　　　　程奇立　杜泽逊　方　铭　李存山

　　　　孙家洲　田汉云　王钧林　王震中

　　　　王中江　王洲明　杨朝明　杨庆存

　　　　郑杰文


主　编：王志民

副主编：王洲明　王钧林　张　磊

# 出版说明

《齐鲁文化研究文库》从文化与学术两方面,精选了二十世纪以来历代学人对于齐鲁文化的研究成果,重印出版。"文库"所收之书,均为当时最能代表齐鲁文化研究水平的著作:或为一领域之集成之作;或其学说能成一家之言;或其在当时条件下于文化、学术方面有所创新、突破,而在今日看来亦能有益学林者,概均以其能反映当时文化与学术之面貌为准则。

民国时代,处中西文化、学术相碰撞与交融之时代,也是中国学术转型之滥觞;民国学人,学为通学,兼及中、西,为文渐脱清代考据之风,而汪洋恣肆、信手拈来。文意顺畅、思想通达,但以今日标准观之,于编校处问题亦多,为保其原貌,便于研读,在编辑整理中拟遵循以下之准则。

一、所收之书,原版均为繁体竖排,此次出版均改为简体横排。

二、文字繁转简及标点符号使用,均按现代汉语使用规范处理。

三、为充分尊重原著,书中原有之人名、地名、书名等,凡不影响阅读之处,对原文一仍其旧,不作改动。

四、原著中所引之文献,多有不注出处或省略更改者,但为保其原貌,倘不失原意,均以原版文献呈现,不以今本或其他底本为据修改。如确需校改者,则以"编者注"形式说明。

五、凡属原著排印错误,或系作者笔误,均做修改,但不出校记。

六、原书因书页残缺、字迹模糊等原因而不可识者,所缺字数用"□"表示;字数难以确定者,则用"(下缺)"表示。

我们虽竭力而为,但疏漏谬误,在所难免,望方家不吝指正。

# 目录

自 序 / 1

原 序 / 1

绪 论 / 1

## 第一篇 《大学》研究 / 5

第一章 解题 / 6

  一、《大学》之由来 / 6

  二、《大学》之命名 / 7

  三、《大学》之著者 / 7

  四、《大学》之要领 / 8

  五、《大学》之传来及注释书 / 9

第二章 《大学》之根本思想 / 10

第三章 实践道德思想 / 16

第四章 政治思想 / 26

第五章 三纲领与八条目之关系 / 32

第六章 《大学》之批评 / 35

## 第二篇　《中庸》研究 /39

第一章　解题 /40
　　一、《中庸》之由来 /40
　　二、《中庸》之要领 /41
　　三、注释书 /42
第二章　《中庸》之根本思想 /44
第三章　伦理思想 /46
　　一、原论——性、道、教 /46
　　二、目的论 /49
　　三、修为论 /54
　　四、本务及德论 /56
第四章　政治思想 /60
第五章　其他之思想 /64
第六章　《中庸》之批评 /68

## 第三篇　《论语》研究 /71

第一章　解题 /72
　　一、《论语》之题名 /72
　　二、编纂者 /73
　　三、《论语》之种类 /74
　　四、《论语》各篇之内容 /74
　　五、《论语》之传来及注释书 /75

第二章 《论语》之根本思想/79

第三章 伦理思想/84

    一、原理论/84

    二、实践道德论/97

    三、义务及德论/105

第四章 政治思想/110

第五章 教育思想/118

第六章 关于人性之思想/122

第七章 宗教思想/125

第八章 哲学思想/129

第九章 《论语》之批评/133

## 第四篇 《孟子》研究/137

第一章 解题/138

    一、题名及作者/138

    二、体裁及各篇内容/140

    三、《孟子》之要领/141

    四、注释书/141

第二章 《孟子》思想概说/142

第三章 伦理思想/145

    一、性善论/145

    二、仁义论/152

三、修为论/160

第四章 政治思想/169

一、王道论/170

二、关于道德经济之思想/173

三、民主思想/176

第五章 其他之思想/180

第六章 《孟子》之批评/183

## 第五篇 儒家之根本思想/187

第一章 何谓儒教/188

第二章 何谓天/199

第三章 何为性/205

第四章 何谓道/226

第五章 何谓教/239

# 自序

《四书研究》，乃日本教育学会所编，为文部省检定教员受验参考之用。原书分《大学》《中庸》《论语》《孟子》及《儒教之根本思想》五篇。每篇则先解题，次根本思想，而伦理、政治、宗教、教育及其他思想，亦各分类论述，而以批评殿之。惟第五篇则特详儒教沿革，及天、性、道、教四种观念。著者自谓"此书注重思想上之研究，而超过历来文字或文学方面之研究"，诚非虚语。译者业余之暇，先着手试译《论语》，从客秋九月起，至今全部竣事，谨先刊行，以贡献于大雅有道之前，藉资就正。抑鄙人不能已于言者：吾国学者，从少入塾读书，无不以此书为必读精读之品，若家常便饭然。自学校废止读经，国学教本虽偶有选录，师生虽偶有讨论，然大都以文学眼光衡之，于古圣贤之学术思想，夙少予以注意。其私家授徒之仅事呻吟者，更无论矣。年来国难之兴，无非播自东邻。于是全国上下，一齿及之，辄视为不共戴天之仇。实则人之所以变法图强而有今日者，不只政治教育之在在惊人，即以汉学言之，彼邦专门学者研究，亦皆有其长足之进步。且就眼前四书而论，吾国习汉学者，曾有多少打破过去寻章摘句成例，绅绎思想，如此《四书研究》之一现新机者乎？故鄙人辄不时作愤语："假设吾国学者再不自勉，以后汉学讲席，至向彼邦学者一一问津时，彼时之耻，恐比今之割地失土之耻为更重且烈也。"因而鄙人翻译此书，其动机不外下列之二因：

一、欲国人之勿故步自封也。海通以还，国人之稍谙外情者，率已打破傲然自大之谬见。重以鸦片之战、英法联军之役，以及中法越南、中日甲午、庚子拳匪诸役，创钜痛深，而国几不复齿于国际之林。国人而果有悔祸之诚意，何至一创再创，而仍上下恬嬉泄泄沓沓如故也。远者不必论，即观日本，明治变法维新，至今不过六十年间事耳，而其国之猛进为如何？环顾我国，自光绪中叶，创海军，兴洋务，遣聪明子弟出洋留学，以为刷新庶政之备，试与日本较之，年岁相若也，比邻相望也，然而一盛一衰，一强一弱，相悬至斯者，得非国人犹未一释故步自封之见乎？藉非然者，何以彼方熟我内情，号称"中国通"者，在在有人，而我国上下，则非特不知人，并不知己。满蒙内情，我国人之自知，比较人之知我为如何？各通商大埠之经济情形，我国人之自知，比较人之知我为如何？一念及此，当有汗泪交并，而不暇再问其他者矣！鄙人欲知彼，鄙人又欲先知己，鄙人更欲一般同志，因人之知己而愈不可不先知己。此则鄙人翻译此书之一因也。

二、欲国人之努力阐扬学术也。中国学殖之荒落，今日可谓已达极点。先就物资方面言之，空中交通，欧美已成可空见惯之势。今则飞机制造，精选无已，至有不用人力驾驶而用机人者矣。环顾中国，在距通商大埠十里以外之农村，则尚是欧洲中世之单纯生活。陆路交通，尚恃日行三五十里之牛车也，水路则尚恃日进六七十里之帆船也。交通然，即其他日用什具，亦何莫不然。更进而精神科学及新兴之社会科学，何者雄飞猛进，顾盼自豪，可以并辔东西？即就汉学言之，此种学术，有清一代先儒，早有不少启发之新论，后世子孙继起而光大者为何？整理国故，喧嚣历有年所，而成绩能与世共见者又有几何？再拭目以观日本，学术进步，月异而岁不同。单就汉学一端而论，若者《孔子研究》，若者《朱子研究》。若者《王阳明研究》，若者……此皆我国之古哲，应由国人自起，继其志而述其事，庶可告无罪于古圣先贤，而我国学术界则寂然也。更进而观当前之四书，一般士夫之所讽诵而吟哦者，非犹是八百年前陈陈相因之章句乎？休言胜人，其可以齐人者为何？休言齐人，其尚能延一线之脉而使生机之不中断者又为何？一念及此，又不禁愧悚交并，无地自容矣！鄙人为欲因人以策己，深冀国人努力学业，用使人文蔚起，大放锦绣灿烂之花。是则鄙人翻译此书之又一因也。

最后尚当一言者，鄙人此段工作，皆忙中抽暇为之，为求文从字顺之故，不取直译而取意译，且于原文单简不成词处，多以己意足之，期合国人读书之习惯。不过忙中业务，致多有失点检之处。至望大雅有道，一为鉴谅！倘得源源赐教，使得改善于将来，则尤鄙人之所诚竭祈祷者也。今当刊行伊始，爰述数语以表区区，或即以此为本书之小引可乎！

中华民国二十二年七月

王向荣识于河北省立女子师范学院

# 原序

四书一编，与六经并称为儒教之圣典。其中《大学》阐明修己治人之系统思想，《中庸》说明儒教之哲学根据，《论语》为孔子及其门人之语录，而示日常卑近彝伦之教，《孟子》倡性善、仁义等说，而以发展儒教教理为归者也。中国古来关于本书之研究，几有汗牛充栋之观。而以余观之，历来四书研究，多着重于文字方面而止，实则不过一种汉文学的研究。其为思想上之系统研究者，则寥寥罕观。实则四书之研究，盖无有过于此者也。何则，本书所以有儒教经典之价值者，不在其文字文章，而在包含其中之思想本体，固然四书思想，从来亦非无几许之阐明。今之中国哲学史及东洋伦理学史，叙述孔子、子思、孟子其人之思想、固不少也。以余言之，是项叙述，皆非四书思想本身之研究。又所谓总的研究而非横的研究。实则亦不过为一种概略的一般的叙述而已。

四书研究之要，当然不外从横的方面研究《大学》《中庸》《论语》《孟子》之各部，及其相互间之关系。因而此等研究，文字、思想两面，不能不有互相倚赖之势。盖惟此始为四书之具体研究也。然而此等横的思想研究，古今从不经见。此则本会编述本书之理由也。

如上所述，过去四书之汉文学的研究，其数实不为少，故本书止于思想方面之研究。又直接当前之目的，为供中等教员检定受验者之参考，不得不避其过涉烦细。但专门学者间有异论时，则揭存其两者以供学者之参考而已。

次之一述本书编辑之动机，在中等教员（修身科及国语汉文科）检定受验者之中，对于四书研究，望文生畏者，往往而是。何则，从来之四书讲义无论，即就伦理学史、哲学史言之，倘欲藉此以获得四书各部思想之系统知识，毕竟难能故也。因而本书之编纂，则倾注全力于适应人人要求之方面。

此外尚当一言者，本书立于局部批评的见地，剖判四书之思想，即由现今伦理、政治、哲学上之见地，一试批判，藉以明其真价之所在。从以著者学识浅薄，不能为彻底的批判，诚为遗憾。然而著者于此，期待读者诸君能为透彻批评之表见，则深信无疑也。

又第五篇儒教之根本思想，为贯彻四书之儒教观念，略一理会，在四书研究上极为必要，是以添附篇末。读本书者，依此终局之记述，而一结束其读后之思想，不亦可乎！

最后本书编述出版，对于给与种种示教与援助之干事、顾问、会员诸君，并深表感谢之意。谨一言以为叙。

大正八年十月

编著者识

# 绪 论

中国伦理思想之集大成者，在春秋战国之世。而其正统，在于承继三代以来之儒道——孔孟之教，自不待言。然则孔孟之教，因何而得绵亘递传于今日乎？此不得不归之于四书及六经载籍之力。

六经舍而不论，然则四书何故为孔、孟教学之圣典乎？此不待言为直接孔、孟之教，而且比较为纯粹的心传故也。此则一观四书之作者为谁，当容易了解。

四书一称"四子之书"，而为《大学》《中庸》《论语》《孟子》之总称。而《大学》之作者为谁，尚无定说，《中庸》为孔子之孙子思，《论语》为搜集孔子及其门人之语录，《孟子》则大体孟子与其门徒之著作，此则今日多数学者所一致承认也。且一观其内容，无一不关于孔孟之教学。此四书与六经共尊为儒教经典之由来也。

四书名称之起原始于程朱。盖程子由《礼记》中抽出《大学》《中庸》两编，以前者为曾子之著，后者为子思之著，以配《论语》《孟子》而成四书是也。程子以为："欲观圣人之道，当先由四书而归于六经。"又示研究之顺序如次："初学入法之门，无如《大学》，此外无如《论语》《孟子》"。此可以见程子如何重视此书也。

然而朱子更敷演其词中下："余欲人先读《大学》以定其规模，次读《论语》以立其根本，次读《孟子》以观其发越，又次读《中庸》以求古人之微妙。"此则朱子之著《大学》《中庸》章句二卷及《论语》《孟子》集注十七卷之由来也。

固然四书之解题依于学者之见地而各异其词，又就论学之顺序，而程朱亦有相反之意见。举例言之，则如服部博士以四书之名称，始于朱子，其言如下。曰："四书为《大学》《中庸》《论语》《孟子》之总称。而其名始于朱子之著《大学》《中庸》章句、《论语》《孟子》集注，成为一书而公于世。"(《汉文大系·解题》)，又论求学之次第，而谓"程朱以《大学》为初学入法之门，所言自格物致知以至诚意、正心、终身、齐家、治国、平天下，毕竟为论道德政治相关之理，以明君子之道即君上之道，断非初学入德之门户阶梯也"(《汉文大系·解题》)。毕竟何说为正，此则当视学者积学励识之如何。本书亦遂委之学者自为钻研，于此则姑省略其私见焉。

于此尚当一言者，即四书思想研究必要之一事。从古以来，一言四书六经之研究，殆皆所谓汉文学的研究，而非思想本身之研究。中国然，即在我国亦何独不然。以吾人之所见，四书之价值，不在其文字章句，而在四书本身包含之思想学说。换言之，在涉及现代生活之范围，而四书内含如何之思想。盖吾人惟依此种之研究，而始能利用古典于活社会，使发挥其真面目，因而大彰真理之灵光于现世也。

在历来刊行所谓《伦理学史》及《哲学史》，亦或绍介四书内含思想之一部及其梗概。然此乃《伦理学史》及《哲学史》研究涉及之范围，而非关于四书思想之全部。又此等之研究，所谓总的研究而非横的研究。毕竟四书研究，惟依此横的研究而始能得其本相。故或以有《伦理学史》及《哲学史》，而谓四书研究为不必要者，无是理也。且勿宁为实际暗示其必要于吾人。

虽然完全四书研究，必文学研究与思想研究相辅而始为可能，故将来有互此两面研究发表之必要。而在今日尚无其暇。因而设为研究过程，于此先完结其思想一面之研究。学者幸勿沾沾自足，当更伴思想研究进而为文学的研究。

本书之目的，强半为中等教员检定受验者之参考。故本书内容，多取历来学者共认之定说。其中著者认为必要批沥其所见者，亦时时发表之，各篇"批评"其一例也。以下即就"《大学》研究""《中庸》研究""《论语》研究""《孟子》研究"一之顺序而一一详述之。

# 第一篇 《大学》研究

# 第一章 解题

## 一、《大学》之由来

《大学》为中国经典之一,既为一般之所熟知。今姑就其由来考之。本来此书列于《礼记》四十二篇之中,非一单行之本,以其所记为通论圣人之道,与其他诸篇详论制度、仪节异,是以刘向另为通论而别录之。通论即概论圣道之意。其后唐陆贽好之,韩愈于《原道篇》亦以《大学》备详中国国民道德而尊重之。

其以此本单行而为专卷之书者,始于宋司马光之《大学讲义》。二程则以其原文有错简而改订之。朱子则更就其阙文而作补传,即脍炙人口之《大学章句》是也。其后学者多翕然从之。

但诸家之说,与朱子异趣者亦颇不少。例之董槐以"知止"、"物有本末"、"听讼"三节为格物致知之传,崔铣置"淇澳"以下于"诚意"章之前,丰坊之"伪石经"古本是也。而流传最广者,则为郑《注》

孔《疏》之古本《大学》，及朱子之新本《大学》。前者王阳明奉之，后者元明以来官学生徒之所服膺者也。

## 二、《大学》之命名

关于《大学》之名称，古来有种种异说。今就其主要者言之。陆德明于经典释文谓"大旧音泰，刘，直带反"。即依旧音则"大学"为学宫之名，依刘音则"大学"为学问博大精深之意。故由前者则"大学"为学校名，由后者则言其学术之博大精深也。而郑玄则曰："名曰大学者，以其记博学可以为政也。"（《正义》）此亦从后之说。司马光以其"所记载者，比于训诂之学，范围为大，故曰《大学》"，此则大体可以承认者也。

然而朱子则发表另一之见，曰："大人之学。"此则从吕大临之说而名之。

然则诸说中究以何说为至要？固然诸说均各有其存在之理由，而朱子之说，则为最近于事实。何则，朱子以此书详述古之大学所以教人之道，一似今之"大学教科书"之意义，此说颇与人以惬当之感，而本书则姑从之者也。

## 三、《大学》之著者

《大学》之撰著者为何人，古来迄无定说。有谓七十子相与共撰所闻,有谓子思所作,总之为无确证的臆断。程子谓为孔子之遗书,毕竟成于谁氏之手,则未明言。朱子从自身立教之必要上,为说明其道统,分本书为经一章,传十章,以经为曾子之笔,传为门人所述。意谓:"《大学》之致知格吻,即《中庸》之明善,《孟子》之知性、尽心。《大学》之诚意、正心、修身,即《中庸》之诚身,《孟子》之存心、养性、修身。《大学》《中庸》,并说慎独,《大学》《孟子》,并辨义利。而一探此等思想之脉络,其为成于曾子门人之手无疑。何则,曾子、子思、孟子,皆孔门传道之正统也。"毕竟此说历史上非有何等之确证,故不能径断为曾子及其门人之所作。

此外我国(日本)之伊藤仁斋,则以此书为战国时代无名氏之作,亦未免近于武断。

要之关于《大学》之作者,有如上述诸说。而由其为组织的叙述儒教之精神,且多引用曾子之言观之,则谓其成于曾子以后孔门弟子之手,当为近真。

## 四、《大学》之要领

《大学》之要领,在于修己治人,亦即以修己治人为目的。本书所谓三纲领——明明德、新民、止至善,是也。其方法,个人方面,为修身、正心、诚意、致知、格物,社会方面,为齐家、治国、平天下。所谓八条目是也。此则将儒家之要道而为最组织的说明。

## 五、《大学》之传来及注释书

在我国，尊信《大学》者，《四书集注》传来之前，高仓天皇之御宇，侍读清原赖业始得此书而以为圣学之至要。及朱子之学西来，乃与其他《中庸》《论语》《孟子》共尊为万世不易之经典。

《大学》之注释书，亦至繁颐。今举其较著之数种如次。

一、《大学章句》一卷、《大学或问》一卷　宋　朱熹

二、《大学衍义》四十三卷　宋　真德秀

三、《大学衍义补》百六十卷　明　丘濬

四、《大学古本旁注》一卷，《大学问》一卷　明　王守仁

五、《大学定本》一卷　日本伊藤仁斋

六、《大学辨》二卷　日本荻生徂徕

# 第二章 《大学》之根本思想

如上所述,《大学》为阐明儒学要旨完全组织的经典。因而其根本思想,除儒教目的修己治人以外无他道。修己者,磨励一己之知德,治人者,完成万民之知德。换言之,《大学》之根本思想,先修养自身,即以此为基础而推及天下国家者也。此则于《大学》之纲领中有最详细之说明。

**三纲领** 《大学》之三纲领,即本书发端所谓"大学之道,在明明德,在亲民,在止于至善"之明德、亲民、止至善三者是也。然则《大学》之三纲领,究以若何意义表明其根本思想乎?明明德者,要之为磨励一己之知德而用以修己,新(亲)民者,以己之明德为基础而治天下国家之人民者也。即明明德、为励德业于一身,新民、为立事功于社会。而止至善,则不最后之归宿,必使人己双方不留毫发遗憾而后快。兹更就其各纲领而详为述之。

(一) 明明德　明明德者,即"明明德于天下"(本书首章),而使天下国家之各员,各能明其道德本体者也。此道德本体,即普通所谓之良心。朱子解此明德为"人类之本性",曰:"明德者,人之所得乎天,而虚灵不昧,以具众理而应万事者也。但为气禀所拘,人欲所蔽,则有时而昏。然其本体之明,则有未常息者。故学者当因其所发,而遂明之,以复其初也。"此则主张先天的良心说,而由今日心理学之见地衡之,殊难肯定。益以本性与人欲,非有绝对的差别,复性之说,自不能为无误。何则,吾人之良心,即所谓明德者,为知情意之复合体而营共同的活动者也。以今日之言词表之,明明德则为启培良心,涵养德性之意。换言之,即励其道德的知情意也。盖必如是努力,则其明德之能充实而有光辉,始无可疑之余地。

次之上述之明明德,其为涉及天下国家之全体,自不待言。而由局部论之,自当属于个人修为的方面。何则,依《大学》之思想,则天下国家之单位为个人,若个人而不先完成其道德,则所谓"明明德于天下"者,直成幻想。此意早于首章"自天子以至庶人,壹是皆以修身为本,其本乱而末治者否矣"诸语,充分表明之。德儒黑尔巴德所谓确立五种道念——(一) 内心之自由;(二) 意志之完全;(三) 善意;(四) 正义;(五) 报酬——以图个人道德之完成者,亦此意也此。明明德之根本思想,形为实践,而格物、致知、诚意、正心、修身之道德说,于以成立。此义当于后文详之。

（二）亲民　此语古注与程朱之注，立言大不相同。即依古注（王阳明从之），则亲民之亲为亲爱，即亲爱其天下国家之民也。程子则以此句与下文"日新"之句对照，谓亲当作新。而新民即使斯民去旧而从新也。朱子则继承此说而有如下之注释："新者革其旧之谓也。言既自明其明德，又当推以及人，使之亦有以去其旧染之污也。"两家立说，各有理由，不能有是非轻重之见于其间。而由学者之信仰言之，自以遵奉朱注为占多数。本书之释新民，则有如次之理由。第一，亲民如为亲爱其民之解释，则对《大学》另一目的治人之说，其力为弱。盖治人在于举天下国家之政治为道德化，不达至善之境域不止。若第亲爱其民而已，恐于此有不足之嫌也。若程朱之释新民，则其意为积极的，去其旧染之污，则使斯民一新器宇不难矣。第二，新民之说，与近代思想之趋向为一致。即依近代之思潮，则人格有扩充性，因而革新社会之事，胥在主治者之斡旋运转范围以内。而其进程，亦以主治者之人格愈益光明，则其对于宇宙之发挥力亦愈益伟大。斯即道之社会客观方面之确立也。是故如程朱之说，则明明德与新民，其间体用之同源，表里之相应，若合符节，殆不爽于毫厘。

本来明明德与亲民（新民），其间自有密接之关系。盖明明德而确立其品性者，于其自身尽力为明德之发挥，即完全为道德品性之树立。而由社会客观方面考之，则依人格扩充性之原则，社会国家，当亦同受影响而形成普遍化。例之有大伟人出,则围绕其旁者,必有多数人材之出现,因而社会全体之程度遂增高于无形。况如程朱之说,先成己而后成人,其间固有息息相通之理乎。此即中国政治思想政教一致现实之理由也。

（三）止于至善 所谓止至善者,即就深就浅亦高亦下之意。而一考察大学之精神,要之不外各人为其当为,行其当行,不思不勉而冥合于道德根本主义,栖息于道德静止的状态者也。因而至善,必不仅如今日伦理哲学上所称"最高善"之义。但至善而既为善之极致之意,则其不在一般所谓道德品行之状态以下,自不待言。关于此而古注朱注之解释,亦各不同。即依古注,则止于至善,"即行善而未达于至极,则不足以治民,一出一入而无操守,则未可与化民"。依朱注,则此显然为形而上学。观其言曰:"止者必至于是而不迁之意。至善则事理当然之极也。言明明德新民,皆当止于至善之地而不迁,盖必其有以尽夫天理之极,而无一毫人欲之私也。"依此,则至善为事理当然之极致,而止至善,即尽性践形、至无一毫私欲之境域而后已。此为宇宙本体纯理世界之表现,为形而上之境地。而明明德与新民,不至于此,则不能谓为至善之境域。

上之两说,其解至善为"善之极致",大致相同,而其内容则大异。何则,前说解至善,则仅指其行不越矩之品性言之,后说则显然为宋学化,树立理本位观念而不无流于冷静寂寞之嫌。因而朱子之说,仿之希腊斯塔亚派,在不动心无欲念的状态下,与今日伦理主潮之调和主义及圆满的人格主义,不能不为有欠一致之处。而此非难，勿宁为朱子一派之唯理主义，及主知主义当然之弊。

最后总括《大学》之纲领而一考察之。举其要者，大学教育之道，第一，个人方面为明明德，以图品性之树立；第二，社会方面为新民，本树立之品性，以图天下国家之道德化；第三，示修己治人之趣旨，而以至善为归者也。于此当注意者，即明德、新民、止至善三者之关系，及大学之至善与伦理学之洽善，其异同如何？先就三者之关系说明之。明明德主要从个人道德方面，衡论大学之道，新民则从社会政治方面，衡论大学之道。固然论两者之先后本末，则在己之道德化为先为本，新天下国家之民为后为末，此尽人所知之事。盖个人而不努力养成自身之全德，欲举天下国家之政治，尽他人而道德化难矣。

然则二者与止至善之关系为如何？以余之见，止至善为《大学》之到达点，亦即明德新民二者之归宿，而并示以最后之企图。故止至善者，不仅指示明德新民之两面，宁为大学之道各方面之统括点。此与物理学上几多之光线，经过透镜而集结于焦点同。倘非有此止至善之企图，则所以阐明大学之道者，毕竟犹有未尽之处。何则，大学之道，若仅为明明德新民两面而已，则其进行之归趣未明，因而儒教根本思想之系统叙述，毕竟犹欠圆满故也。此为三纲领相互关系之解释。

次论大学之至善与今日伦理学上所谓洽善之关系，仅由文字言之，两者殊无何等之差异。盖无论为至善、洽善，以及最高善、究竟善，要之为同一之善，不过其称述之方面有异耳。虽然更详密观察之，其间使用上下无差异之点。何则，大学所谓至善，自形式言之，为"善之至极"，而自内容言之，则直涉及营同一活动行不越矩之道德品性的方面。此为普遍人类究竟目的之善，而与今日伦理之洽善、最高善异者此也。换言之，大学之至善，为明其明德而顺应于一定规矩准绳之状态。而伦理学之洽善，则为普遍目的之总称，因而前者为道德品性的至善，后者为人格实现的至善。盖一则自作用方面取义命名的至善，一则自目的方面论定命名的至善，其观点各异也。

由斯言之，大学之至善，岂以今日伦理的意味之解释而为恶乎？如是之解释为不可能乎？或两者全无关系乎？否否！大学之至善，亦可用现代的解释，如是解释亦决不为恶，且二者亦不能为无关系。例之大学之至善而解为究竟善及洽善的意义时，明明德者，即明此究竟善、洽善之为何，新民者即行人格本位之政治者也。盖人格之实现，从主观方面言，则为人格之修养（明明德），从客观及社会方面言，则为人格之实现，亦即为社会的贡献也。不过如斯解释，可为大学现代的注释，而非大学本来的意义。至此根本想想之在实践伦理上如何？又在政治思想上如何？此当于次节论述之。

## 第三章 实践道德思想

如上所述，修己治人为儒教之目的，亦即《大学》之根本思想。然此仅示《大学》之纲领，而尚未及其详细之方法。毕竟此修己之方法及治人之方法如何？此则涉及伦理（修己）政治（治人）之具体的条件不可不讲也。而此两面之思想，于所称八条目中，则有条理井然之说明。

**八条目** 所谓八条目者，详于本书原文："古之欲明明德于天下者，先治其国。欲治其国者，先齐其家。欲齐其家者，先修其身，欲修其身者，先正其心。欲正其心者，先诚其意。欲诚其意者，先致其知。致知在格物。"（首章）而为平天下、治国、齐家、修身、正心、诚意、致知、格物之八者。此八条目中，平天下、治国、齐家之三条目，主要为治人而关系于政治，其余修身、正心、诚意、致知、格物之五条目，则关于修己，即实践伦理之事。因而本节则先就其关于修己之实践道德说而一为论述之。

**实践道德说** 此实践道德用语,严密言之为"修身之道",即修为论。盖《大学》八条目中之五条目,概论修己之道故也。又此修身、正心、诚意、致知、格物之五者,依《大学》之思想,则为政治(治人)方面之条目,即平天下、治国、齐家之基础。何则,欲明明德于天下者,先要治国,欲治国者,先要齐家,欲齐家者,则修身、正心、诚意、致知、格物,又为必要故也。故《大学》之道,其根本在于修身(明明德),而其最初之根本,在于致知格物。以下依次说明《大学》修身之道。

(一)格物  此条目为《大学》之道最初之根本,既如上述。然则其意义如何?古来亦有异说。即朱子与王子见解之各异是也。依朱子之所见,则格物为"格至于物",而物即事物之理。注曰:"格至也。物犹事也。穷至事物之理,欲其极处无不到也。"故依朱子之说,则致知之要,在于穷极一切事物之理。换言之,穷极一切事物之理,则知可得而致矣。此广义之解也。王阳明反之而有次之狭义的解释。曰:"物者事也。凡意之所发,必有其事,谓之物。格者正也,正其不正以归于正也。"故依王子之见,则格物为正其物而使各得其所之谓。故就两说而比较之,物字在朱子为理,在王子则为意。格字在朱子为至,在王子则为正。此其相异之点也。

(二)致知  关于致知之说,朱王二家亦有不同之意见。依朱子之说,则致知者为致其知而尽量开发知识之谓。曰:"致推极也,知犹识也。推极吾之知识,欲其所知无不尽也。"盖泛深推极吾之知识,关于天下一切事物而无扞格不通者也。

其后王阳明以朱子之解为过于广泛而从狭义之解,以致知为"致其知",而有如下之解释。曰:"致者至也。……易言'知至至之','知至'者知也,'至之'者致也。致知云者,非若后儒所谓'充实知识'毕乃事也,致吾心之良知焉耳。"依此则所谓知者,即彼所谓先天本具之良知,而致即到达此良知之谓。因而朱王二子关于致知之说,大相径庭。盖一则通常所谓推极知识而为外部的推动,尽所有之事物而无不通之谓,一则本具吾人之内部,致先天之良知而直觉其心之本体者也。

此外再就"致知格物"全体而为总括的考察。即从朱子则致知在格至于物,从王子则致知在格正其物。前者为获得知识而以推极事物之理为本旨,后者为返其真知而直觉其本然之良知于内心。故其要领,在朱子则为客观知识之搜集,为穷理主义,为先知后行说。而王子则为先天良知之知觉(主观的觉醒),为直觉主义,为知行合一说。盖此由二家哲学思想之相异所使然也。(参照《中国哲学史》)

最后对于朱王二子之致知格物说再一试其批评,其他之说亦略及一二。居尝盱衡古来多数学者之言论,若朱若王,各有其长短得失之存在。举其重要者言之。朱子之见解,起自主知主义。先知后行,而以居敬穷理为归。此参之今日道德教育思想而信其不误。固然今日为主意主义之时代,因而朱子主知主义之学说，或为时贤之所短，亦是意想中事。然而先知后行之修身法，则固比较的认为适当者也。第其予人非难之点，亦颇不少。如以致知格物为开发事物万般之知识，即其例也。即事物而穷其理，持此以为章明道德本体明德之一法，即非阳明，度未有不嫌其迂者。何则，明明德，非有直接阐明物理之必要。然则其受广泛之非难宜也。且即以先知后行言之，不明前述一般的关系，而徒轻视行为之修养，此不能不为显然的误谬也。何则，主知主义，其见短于主意主义者，即意志之自身有直接修练之必要故也。况如主意说，意志为吾人心意之最初根本乎？今之朱子学派，其即陷于此弊者也。此派学徒，大率优于行为者少。而实行落伍之腐儒，恐不无辗转影响于此者乎？

　　复次批评王子之见解。假设以明明德之理由，视为施政天下国家之准备，则置德行（意志）为首图，略穷理而重实际，因而唱直觉主义及行动主义，则此确为近于真理。此即阳明一派较之朱子一派为优者也。盖由此学派，实地上多出杰才。又如王子知行合一之解，实际亦无错误。惟以致知格物而迳解为致良知，一惟主观唯心论及直觉论之是尚，其不免于偏狭之讥宜也。盖明德假定为良知，则必为吾人主观的机能，于此具有发达的隐力。苟此隐力不受社会客观的规范，欲其完全发达，毕竟为不可能。此即朱子穷理主义价值之所在也。前早言之，吾人致其明德，听自己之心声，直觉自己之真相，诚为必要，而一面认识社会客观的明德之情态，则尤为不容稍缓者也。彼阳明学徒，动辄偏狭而不足于识，行动逾矩者之先后辈出，岂不以此乎？

要之关于致知格物之说，朱子之见，谓其偏于广泛迂远，王子之见，谓其失于偏狭，均不为过。故以致知格物为明明德之根本条目，或进而以明明德为良心结晶，道德品性之确立，则此均非过举，而两者相互并用自较为至当也。苟非然者，岂惟不能明其本体之明德，所谓明明德于天下，一切齐治均平大事业，恐均成为梦幻而已。

此外尚当一言者，即以格物之"物"为大学教科之一说也。此说始于物徂徕氏。彼以《周礼》大司徒之职，有"以乡三物（六德、六行、六艺）教万民"一语，即此说之所从出。所谓物者，不外大学教科之六艺。故依此说，则致知格物，亦不外通晓六艺（礼、乐、射、御、书、数）而已。宇野哲人亦主张此说，以此（大学教科之六艺）为大学生之所熟知，故《大学》文内，不载"致知格物"之解释。此说较之朱王二子之解释，将致知格物牵入自家哲学范围以内，自当为公平常识的判断，且按之古文辞学的研究立言，亦大体为得当。

（三）诚意 依《大学》之所示，格物则知至，致知则意诚，此无论为朱说王说，抑征之物徂徕之说而皆同也。

然则诚意为何，又致知格物以若何之意味而得诚其意乎？先就其字义释之，意者，朱子释为"心之所发"，即念虑、情绪、欲望之总称。而心者意之本体，若以欲望为意，恰如伦理学上品性之称。又朱子释诚为实，即原语"不自欺"之义。不自欺则心广体胖而快然自得矣。原语"自慊"，即模拟此快然自得之体态也。此义观于原文："所谓诚其意者，勿自欺也。如恶恶臭，如好好色，此之谓自慊。"（《诚意章》）数语，至为显然。此之"勿自欺"，为消极的，"自慊"为积极的。但此两者非迥然悬隔，不自欺则自慊，出彼入此，只一转关之力耳。

欲正其心，何故诚意为必要乎？此可于心与意之关系说明之。如上所述，心为意之本体，意为心之作用，故两者有如表里之关系。若意不诚而憧憧往来，如此成为动机，将予心以极恶之影响，久之则恶品性积渐而形成矣。所谓"染于苍则苍，染于黄则黄"，其以此也。故正心必要诚意。原语"意诚而后心正"，理亦同之。

此由现代伦理学言之，亦为正当之考虑。盖吾人而能确立道德的品性，则其志向动机，日渐纯粹，自不致为感觉意欲之奴隶矣。又宗教有排杂念，对神佛而为专一之祈祷者，其理由亦不外是。

然则防自欺而求自慊之法又如何？《大学》于此乃说"慎独"之功。慎独者慎之于独知独觉之地也，此为去邪存诚之切要功夫。曰："故君子慎其独也。"盖鉴于"小人间居为不善，无所不至"，而为此防微杜渐之言也。

慎独之功，亦见述于《中庸》，此为儒教道德之根柢。盖个人而为善为恶，全由独之慎与不慎所致，其关系甚大也。而此思想，浸成儒教及宋儒之"人生观"。即依彼等之所解，在人则本然之性，时时与气质之性为缘，又对良知而有物欲之存在，此本然之性及先天良知，往往为气质之性及物欲所掩，始而丧其灵明，继而迷于向往，善恶倒置，堕落下乘者，比比皆是也。此即善恶二元论，又善恶混合论，转移之力，不能不归重于慎独之功。

由是以观，慎独在修己上极为重要，故王阳明有如次之言论。其谓："修身惟在于诚意，诚意只是慎独。"又此慎独，在现今实践道德上，关于德器之成就，亦为切要修为之一。

次再申述诚意与致知格物之关系，此观于《大学》"欲诚其意者，先致其知，致知在格物"（首章）之文而可知也。然则其意义如何？自内容言，亦以学派之不同而各异其见。依朱子则穷理而广致其知识者，意即可得而诚，依阳明则启发其自具之良知者，意即可得而诚。其他物徂徕之说，则以通晓大学教科之六艺，而意即可诚。三者一则归重一般知识的开发，一则归重意念动机之踏实，三则归重六艺常识之取得，其取径不同，而其为诚意之导源则一也。

固然，所谓意志，即前言心之作用之谓。夫心一而已，朱子则由知识方面求之而意可诚，今日之修身教学，即基此理由也。王子则直接诉之于意志之自体，其得收诚意之功，自无待言。此外物徂徕之收功于六艺者，其理由与第一同。此则诚意与致知格物关系之明证也。虽然由现代之思潮观之，其间自有巧拙当否之分。盖凡欲诚意者,苟由着重知识而先明了正邪善恶之点观之,朱子之说自为优胜。否则由行为上行动主义观之,王子之事上磨练,亦为必要。不待言朱王两家,非专主穷理,行为之一面,且皆承认知意两要素之存在,相互而利用之,其归则一。换言之,即均能获得意诚之实效也。惟其流于极端之弊,则有不得不慎防者耳。

(四)正心 意既诚矣,则正心自相因而至。正心者即心情之保持常态者也。盖吾人之心,有忿怒、恐惧、好乐、忧患之情绪,而时时使失其正体。诚意则心不妄动,自不至以外来之纷扰而摇动其本体之光明,故意诚而后心正,身亦可得而修矣。然而心若受支配于此等情绪而失其正体时,则中心无主、视听色象,将有不能保持其常态者。其极不至如本章所谓"心不在焉,视而不见,听而不闻,食而不知其味"之聋聩愚痴状态不止。此正心所以为必要也。

于此有持异论。以为此之正心,即佛教所谓除烦恼,绝恐怖,去恶欲,断绝七情之做法。要之此为动心空性空之佛学,而非所谓入圣之学。《续礼记集说》、清儒姚际恒之言,及我国伊藤仁斋之说,皆此类也。

虽然,此之非难,亦为一种偏宕之言。何则,此思想固然显著于佛教,而《大学》之道,兼重致知格物与诚意之二事,即并知的教育(格物)意的教育(诚意)而更示以情的教育之条目,亦其显著之例证。况如佛教之严格的防闲,其于杜外缘而保持其本心者，又不无大补乎？

**注：**

　　文学士宇野哲人以致知格物为知育，诚意为意育，正心为情育。（见氏著《大学讲义》）

（五）修身　所谓身者，即淑慎其行。以今日伦理学之言词表之，其即人格之修养。而身修，则为人格之完成无疑。是故此身不单为身体，即非仅具肉体意味之身，勿宁诂以人格为允当。又就《大学》之本义释之，修身即明德之事。盖身修即能明其自具之明德，而明明德亦即所以修其在己之身矣。二者为同义而异语也。

修身之法，在实践上述正心、诚意、致知、格物之四事，今无再述之必要。盖依致知格物而励其知，依诚意而一其意志，依正心而正其情绪情操，如是则身以之修，人格以之完成，而明德亦自无不明之处，盖至是而其本为确立矣。故云："自天子以至于庶人，一是皆以修身为本。"此则《大学》实践道德思想之极功也。而此完成之人格，换言之，即已明之明德，章明反映于天下国家之客观方面，所谓家齐、国治、天下平也。又以今日言词表之，则为人格之社会的扩充。

此身既修而推及于家国天下之法，在《大学》所谓洁矩之道。盖此为修身而推至齐家治国平天下，人己相关、本用一源之道也。

**补注**：朱王二家之异点

| 朱子 | 王子 |
| --- | --- |
| 一、以《大学》之始教在于致知格物。 | 一、以《大学》之始教在于诚意。 |
| 二、物者遍及天下事物之理。 | 二、物者吾心起念所著之事。 |
| 三、以格为穷格之义。 | 三、以格为格正之义。 |
| 四、以知非先天的所有，而为后天的搜得。 | 四、以知非外来之经验，而为自具之良知。 |

以上二者相异之点，全由二家哲学观之相异所使然。朱子为客观的唯理论者，故唱外部的穷理，其为根本的主知主义，故主张先知后行说，而做法则重义理的搜求。王子为主观的唯心论者，故唱内部的直觉，其为根本的主意主义，故主张知行合一说，而做法则重事实的磨练。（参照《中国哲学史》）

# 第四章 政治思想

政治思想，简言之即关于治人之思想。盖《大学》之要旨，在修己治人，而修己即修身之道，已如上说。

《大学》所谓治人，即成为政治论之对象者，为齐家、治国、平天下三事。依《大学》之思想，天下之要素在国，国之要素在家故也。此天下即今日所谓国家，在彼时则为封建的邦国。盖彼时之中国，由多数之藩邦集合而成，故有此称。且彼时之政治及政治思想，与今日之政治说，其间有甚大之差异。盖今日之政治，广义言之，关于立法、司法、行政诸大端，狭义言之，专及行政事务各方面，内容至为复杂。《大学》所谓政治，主要在对人为道德化，内容较为单纯故也。固然，真的治人对象，《大学》出世时代，与今日当无所异。然而《大学》之治人，则主要以德化为归。此则读本章者之所当豫知也。

**德治主义** 《大学》治人之道，即关于政治之思想，其根本为德治主义。此与名、法各家政治上之功利主义，大异其趣。即一则为王道，而一则为霸术也。此思想为尧舜以来中国儒教之传统。放大言之，亦得谓为东洋君主政治之典范。

今再进而论德治主义政治之内容，其根本在于修身，无待赘言。何则，三纲领，先明明德而后新民，八条目亦置平天下、治国、齐家于修身之后，更申言身修而后家齐，家齐而后国治，国治而后天下平，其明证也。而此推己及人之法，即所谓絜矩之道者，已于前节之终言之，兹再为进一步之解释。

絜矩之道，乃德治主义之真髓，易词言之，不外孔子之忠恕。其内容即以己德为基，充分发挥同情而推之其他，孔子仁政本德之忠恕，亦此义也。《大学》于此为最具体之解释如下：

> 所恶于上，毋以使下，所恶于下，毋以事上，所恶于前，毋以先后，所恶于后，毋以从前，所恶于左，毋以交于右，所恶于右，毋以交于左，此之谓絜矩之道。(《平天下章》)

照上述之事例推之，立吾身于此，凡与吾身为缘之上下前后左右各方，悉以"不欲勿施"之道处之，是一绝好人己相安各无缺憾的境界。朱注："身之所处，上下四旁，长短广狭而无不方"数语，是乃絜矩之道一最好象征，形容酷肖者也。

要之《大学》之政治思想，为絜矩之道，德治主义。以今之言词表之，与所谓"人格主义"，殆相一致。即先确立在己之人格，而后可举齐家治国平天下之实者也。此思想征之西洋思想史，及现代政治学，均甚符合。试观希腊苏格拉底、柏拉图之哲人主义政治说，亚里斯多德之伦理政治说，皆其例也，又现代政治，乃企图"国家的善"之实现者，亦莫不以此理为中心。但其组织则复杂多端，虽根本上为道德主义，而其难有几许权术霸道于其间，则实无容讳言。

（一）齐家 《大学》之道，修己而兼治人。而其初步，不能不注意最近于己之社会集团，即不能不自家始。《大学》所以有"欲治其国先齐其家"之言也，此涉及天下国家方面之政治，在古代不只东洋，即西洋亦多取广义的解释。例之希腊之实践哲学，兼伦理、政治及家政三者而为研究之对象，其取义亦犹是也。《大学》之齐家，当然以家族生活之道德形成为目的。故其内容，主要则论述齐家之道德方面。

依《大学》，则齐家之根本意谛在修身。修身者，依上述之正心、诚意、致知、格物而明明德以完成其道德本体者也。盖身不修而欲齐其家者，直如梦想。故《大学》曰："身修而后家齐。"其要件则在戒辟。"辟"者偏也，言其情感之偏向于一方也。本章："所谓齐其家在修其身者，人之其所亲爱而辟焉，之其所贱恶而辟焉，之其所哀矜而辟焉，之其所畏敬而辟焉，之其所敖惰而辟焉。故好而知其恶，恶而知其美者，天下鲜矣。"此言欲齐家者不可不戒其感情好恶之有所偏也。盖任好恶之情以治家，则畸轻畸重之事生，而齐家毕竟为不可能。故《大学》

于此外又申明孝、悌、慈之必要。孝悌慈皆一念之仁心所发，故又谆谆在仁。其曰："君子不出家而成教于国，孝者所以事君也，悌者所以事长也，慈者所以使众也。"又曰："一家仁，一国兴仁；一家让，一国兴让。"（《治国章》）此言孝、悌、慈及仁让之德，于齐家为必要。诚能行之，则由内及外，由近而远，一国自呈忠顺肃睦之风。要之齐家之要，修身为本，体絜矩之道，以仁（孝、悌、慈）为旨，而不陷于用情之辟，则得矣。

（二）治国　由家而国，治人之范围又扩大一步。治国之要，在于齐家。何则，不能齐家而谓能治其国者，古来概无是例。故曰："家齐而后国治。"而以治国之要，在于齐家，故上述孝、悌、慈三德，于治国亦为必要，自不待言。盖在家之孝，推之即为在国之忠。《孝经》："君子之事亲孝，故忠可移于君，事兄悌，故顺可移于长，居家理，故治可移于官。"其谓此也。又治国者根本之德，无过于仁，而其道则在于求己。故曰："尧舜帅天下以仁，而民从之。桀纣帅天下以暴，而民从之。其所令反其所好，而民不从。是故君子有诸己，而后求诸人，无诸己而后非诸人。"其形容家齐而国治之情形，又有如次之征引。"《诗》云：'桃之夭夭，其叶蓁蓁，之子于归，宜其家人。'宜其家人，而后可以教国人。《诗》云：'宜兄宜弟。'宜兄宜弟，而后可以教国人。《诗》云：'其仪不忒，正是四国。'其为父子兄弟足法，而后民法之也。"此皆言君子齐家而自有以治其国也。

（三）平天下  天下为邦国之总称，平即登民衽席之谓。换言之，即致统一国家于太平之境域也。其道则先治国。故曰："平天下在治其国。"盖不能治一小国，而谓能治天下之大者，断无是理。因而平天下之要，本之治国齐家之法，自不待言。而尤要者，为上老老、长长、恤孤诸大端。此即本章："所谓平天下在治其国者，上老老而民兴孝，上长长而民兴弟，上恤孤而民不倍，是以君子有絜矩之道也。"其故，人君能以事老之道尊其家之老者，民自效之，感奋兴起，尽其孝养于父母，又以事长之道敬其家之长者，民自效之而致其悌于弟昆，又人君恤孤，民自返归于厚，而谓有犯上作乱甘背其君者，无是理也。

此外有天下者又当以民之心为心。其引《诗》而为之词曰："《诗》云：'乐只君子，民之父母。'民之所好好之，民之所恶恶之，此之谓民之父母。"此即近世思想界之主潮，所谓民本主义是也。

又平天下之法，德为先而财为后。盖依《大学》之思想，但使有德，则土地、人民、财货三者，自相因而至。德为天下国家之本故也。故曰："君子先慎乎德。有德此有人，有人此有土，有土此有财。……德者本也，财者末也。外本内末，争民施夺。"此则王道之本，而兴管晏之功利主义异者此也。

继此而论人才登用之必要，与大道得失之枢机。曰："见贤而不能举，举而不能先，命也。见不善而不能退，退而不能远，过也。好人之所恶，恶人之所好，是谓拂人之性，菑必逮夫身。

是故有大道,必忠信以得之,骄泰以失之。"此言进贤而退不肖,好恶准之于民,而施政于天下者也。虽然天下事,无论巨细繁简,其得其失,其成其败,无不操诸渊然之一心。而况修己治人之大道所关尤巨者乎。一念之忠实,则得其道而事以成,反之一念之骄纵,则失其道而事以败。此即大道得失枢机之所在也。

最后尚当一言者,即君子之重义(公)而轻利(私)。此虽修己之要道,而亦治天下之常经。王霸之分途,其源在此。要之依絜矩之道,行仁而使斯民各得其所,各乐其生,则所以平天下者,其道盖无过于是矣。

# 第五章 三纲领与八条目之关系

以上为三纲领及八条目分项之解释，兹再为总括的研究，一申三纲领与八条目之关系。

关于三纲领之说，古来学者之间，大都一致。惟八条目，则有种种之议论。吾国伊藤仁齐则言《大学》有三纲领而无所谓八条目。其言："依古注则为六条目，而无所谓八条目。其故，《大学》之致知格物，异于明明德、治国、齐家、修身、正心、诚意之六者（六条目），而不过为说明诚意之功夫，亦即就六条目而为详细之论究，于致知格物之本题，则无何等之言论故也。"

伊藤仁斋之八条目否定论，总之乃其自行立异之主张，不能予吾人以满足。而王阳明之六条目说，则有有力之根据，不能为一例之排斥。此外以致知格物二者与他之六条目等视，亦有相当之理由。朱子则即取特立二条目之见者也。本书则依多数学者之说而采用八条目说。

《大学》之三纲领,如前所述,为表明《大学》之根本思想,即明明德、新民、止至善三者是也。平天下以下至格物八条则为论其细目。由此以观古注之六条目,则此为三纲领之细目,即为实现三纲领之手段方法,自不待言。

再详细观察之,八条目中修身、正心、诚意、致知、格物之五者,为修己之事,即属于三纲领中明明德之条件。平天下、治国、齐家之三条目为新氏(治人)之事,即关于天下国家之政治。此之政治,主要为道德化,前文固已明言之矣。

然则两者与止至善之关系如何?此之至善,为明明德(五条目)新民(三条目)两者之归结。盖至善者,亦既说明为道德品性之状态,则明明德当为个人方面之私德,新民当为社会方面之公德,两者均以到达粹美毫无遗憾之境域而后止。此即其关系之所在也。今为叙述便利计,表示如次。

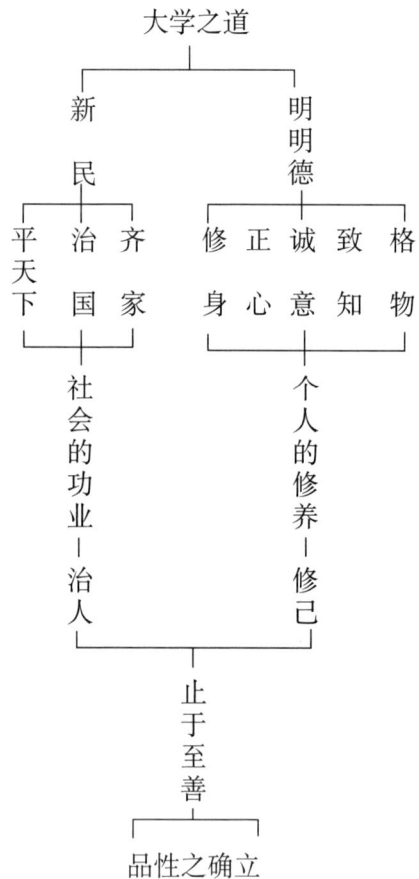

# 第六章 《大学》之批评

最后批评《大学》思想之要点，以终本篇之研究。今先举其所长。

第一，其根本思想极为允当。何则，由《大学》之所示，则《大学》之道，在明明德、新民、止至善之三纲领。凡分为大人（在上位）者。先明己之明德，完成个人方面，然后及于社会方面，以全个人社会双方职能为必要，且为合于人类生活之真相故也。此由今日伦理学之见地衡之，亦甚允惬。盖今日伦理学上最有势力之学说，为人格实现说，持此以衡《大学》之精神，（一）明明德为人格之完成；（二）新民为其应用方面之事业。总之为社会本务之实行，进而止于至善，则不动之道德品性，于以形成。更换言之，明明德为人格初步之完成，而新民为其实地试练之试金石。初步人格完成，而若无适于实练之力，则其明德（人格）仍未为完成也。必其当此实练者，实际收得美满之果,然后方为达于至善之境域。而惟此意味,始为真的人格(个人的社会的)完成之明证。故《大学》之三纲领,其为伦理道德之根本,殆毫无疑义。

第二,其先行修己之手段,为最得要领。此即痛切要求完成个人道德的本体,不只为《大学》根本思想,推广言之,亦为通贯儒教全体根本思想之尤者。盖不修其在己之道,不行立本之政,则无何等政治成绩之可言也。

第三,其示修己之方法,严举修身、正心、诚意、致知、格物诸端,大体亦称适当。何则,如《大学》之所示,淑慎其身,既为政治之要道,则正其心而防关于感情的方面,诚其意而端本于意的方面,致其知而练达于知的方面,自为相因而至、相观而善之要道,不容忽视。

第四,以政治理想,在于人民各个道德的完成,亦为必要之手段。何则,儒家政治之究竟理想,在于社会之道德化。故此可为儒家政治之一根本特色。不特此也,即由今日之政治思想言之,伦理国家之实现,盖始终未变也。而在数千年前,不论如何功利主义政说之风行,而此思想之存在,则诚一般不能否认之事实。

第五,政治方案布置之适合。此即《大学》主张于平天下之前提而说治国,治国之前提而说齐家是也。盖家国天下,其中先后本末之间,自有划然不可逾越之步骤。家不齐而望其国之治,国不治而望天下之平,皆事实之难以幸获者。故此不能不谓为至言。

以上为《大学》思想优点之重且大者，今再继此而示其弱点之所在。

第一，修养之条件为未足。《大学》修养之条件，为修身、正心、诚意、致知、格物之五者，而此只可为个人直接修养之条件，社会方面，则未明言。换言之，即盛论个人一面之修养，而疏忽其社会一面，不能不为政治论上之一大缺点。此则依解释方法之如何，而可得一不受非难之途径。即上述之五条目，基诸人心之要素——知、情、意——立言者也。依此则修身、正心、诚意、致知、格物之中，当视为个人修养与社会修养两重要素之存在。不如是解，而欲期道德品性之完成，毕竟为不可能。

或有为此言者，《大学》之五条目，以个人一面之完成为目的。齐家、治国、平天下三者，本为社会方面之条件，又何缺陷之足虑。不知此非正当之论也。盖齐家、治国、平天下三者，虽为新民之条件，而此不过示政治要道之次第，不能持为人格修养之条件故也。此则少一味读本书者，当能明了。

又由今日伦理学之见地观之，尚有歉然于此者，即身体方面修养条件之未备也。此在东洋教育思想史上，尤为共通之缺点，不只《大学》为然，而《大学》则亦非例外也。

第二，其政治条件则为陷于纯道德主义而乏经济的远图。此则凡曾涉读齐家、治国、平天下三章者，谅皆觉察及此。何则，

《大学》于政治方面之富国强兵以及养生送死之道,概未设计故也。彼时儒者受迂远非难,如以孔子之圣而不容于世,此当为其大原因。后之孟子,依归儒道而昌言及此,殆亦有所鉴而为之也。

此外,《大学》修养之条件,以致知格物为基础,亦来同样之非难。盖依《大学》之思想,则其根柢为主知主义。而此主义,在现代主意思潮澎湃之际,自难予人以满足。此则暂置不论可也。

# 第二篇 《中庸》研究

# 第一章 解题

## 一、《中庸》之由来

《中庸》为子思所作,此于《史记》《孔子世家》可考而知之。《史记》称:"孔子生鲤,字伯鱼。鲤年五十,先孔子死。鲤生伋,字子思,年方十二。尝困于宋,作《中庸》。"其明证也。此殆成为后世学者间之定论。

《中庸》本与《大学》同为《礼记》中之一篇。宋戴颙则自《礼记》中抽出为撰《中庸传》二卷,但此书不传。其后梁武帝尊信之而著《中庸讲疏》,今亦不传。

至宋司马光著《中庸广义》,二程则以之配《论语》《孟子》《大学》而为四书,始大惹世人之注意,朱子更作《章句》,至是而此书遂广行于世矣。

《中庸》之体裁,《礼记》中《中庸》古本为三十三节,程子改为三十七节,至朱子又改为三十三章。即自"天命之谓性"至"天地位焉,万物育焉"为一章,为子思之立言。首明道之本原出于天,其实体则备于己,而存善省察之要,与圣神功化之极,均依次详之。此《中庸》一篇之纲要。以下十章,则引孔子之言以明之。次由"君子之道费而隐"以下至哀公问政,凡九章,为论天人之道,兼费隐,包小大,以明《中庸》即诚之旨。最后自诚明以下到末,凡十三章,仍反复天人一贯之意,于入门初步功夫而论慎独之必要,于道德之极功而论参天地之化育及无声无臭之妙,此回应首章"中和位育"而言之也。

其在我国,《中庸》之传来与《大学》同,即自高仓天皇之御宇,侍讲清原赖业始与《大学》共尊为圣学之至要。其普及则在朱学传来之后。

## 二、《中庸》之要领

中庸者,说天人一贯之理以明中庸之道即诚之道也。而其要领,则以吾人之性,即宇宙本体之诚的实现,换言之即人性为一小宇宙。故率其心性而行为道,修道为教。以他之言词表之,则为具备中和之德于人之一身。其修为法、为择善固执。其政治上之意见,则说九经,提倡德治主义。

## 三、注释书

《中庸》注释之书，亦至繁多。今举其主要者如次。

一、《中庸辑略》 一卷 宋 石憝

二、《中庸章句》 一卷 宋 朱熹

三、《中庸或问》 一卷 宋 朱熹

四、《中庸发挥》 一卷 伊藤仁斋

五、《中庸解》 一卷 物徂徕

六、《中庸原解》 一卷 太田锦城

**补** 子思之传记——改订《哲学大辞书》

子思名伋，孔子之孙而伯鱼之子也。子思其字。尝仕于卫，以一苟变之当为将，又期其君臣皆贤，乃上书论卫事之日非，卫公不听，因退而作《中庸》，阐明圣学，以传于孟子（参看《孔丛子》），吴氏程曰："子思六十有二而卒，去孔子之卒殆四五十年。"子思学于何人不详，韩愈《送王埙序》，有"子思之学，盖出曾子"。程伊川信之，朱子亦采此说。檀弓："曾子谓子思曰：'伋！汝云云。'"又《孟子》一书，尚可见出子思曾子精神默契之处，所谓"获上……诚身"，其明证也。虽其师弟之关系不明，而由其内容观之，曾子立"忠恕"说，子思立"诚"说，亦不能谓无关系。

伊藤仁斋《中庸发挥》，分鬼神章以下别为一篇而为上下二篇。上篇中喜怒哀乐一节及下篇全部,非《中庸》本文,而为他经之逸文或抚拾后儒之说。且以此非子思作。(参看《史记》《孔丛子》《孟子》《中庸发挥》等书)

# 第二章 《中庸》之根本思想

老子从天地自然之道,而纲绎出无为恬淡之道德,孔子则以一切形而下者为对象,力主日常彝伦之教,因而其思想不无陷于浅近之嫌。子思有鉴于此,思于孔子之教立深远之基础,因而唱独创之哲学、所谓中庸之思想是也。

**诚** 所谓诚者为何?由子思所见,第一,诚为宇宙之法则及万物生生之原理,故普遍充实于万物而无不在。鬼神论下所谓"体物而不可遗"者是也。第二,诚为天地之法则,因而无始无终,常久不变。本文:"至诚无息,不息则久,久则征,征则悠远、悠远则博厚,博厚则高明。"其谓此也。第三,诚为宇宙之原理,因而实现为人及万物之本性。本文:"诚者物之终始,不诚无物,是故君子诚之为贵。"其谓此也。又曰:"唯天下至诚,为能尽其性。能尽其性,则能尽人之性。能尽人之性,则能尽物之性。能尽物之性,则可以赞天地之化育。可以赞天地之化育,则可以与天地参矣。"此则道破物我一体,天人合一之妙机也。第四、诚为完全自足自成,而为一无声无臭不能知觉之本体。本文:"诚者自成也,而道自道也。"又"上天之载,无声无臭,至矣"。即阐明此旨。第五、诚者现于人间而为道,天人同之。所谓"诚者天之道也,诚之者人之道也"意即谓此。

要之诚者天之道,同时又为人之道。即一面为自然界之原理,一面又为道德界之原理。此为子思对于《中庸》一书诚之解释。

# 第三章 伦理思想

## 一、原论——性、道、教

《中庸》之伦理说，托始于其根本思想之诚的哲学，自不待言。而诚者拟之自我实现说所谓"绝对我"，则其伦理说亦可为一种实现说。即能致其人类天赋之诚，则道德以立。然则何由致之？说明此理，不可不先阐明性、道、教之观念。

**性** 所谓性者，依《中庸》之说则为天赋之诚。本文开端"天命之谓性"，亦径可谓为物之本性。人及万物禀受此天地原理之诚而为其本性故也。子思于此，则直导入道德及教育方面，而言"率性之谓道"，"修道之谓教"。何则，吾人之性，总之为诚之自身。依此以为活动，自无不合于道，是故吾人除实现此性以外，别无道德之可言。原文"诚者天之道也，诚之者人之道也"，意即在此。所谓"诚之"仍不外充实其在己之心。

朱子于此而为如次之注释:"性即理也。天以阴阳五行,化生万物,气以成形,而理亦赋焉,犹命令也。于是人物之生,因各得其所赋之理,以为健顺五常之德,所谓性也。"此即氏之理气哲学一派之见解。

**补** 子思论性与他家之比较纲岛荣一郎氏

子思之论性,非如宋儒论性气质,本然之划然分途。而其超越先天的经验之解,则明明为驾孔子而上之。彼又未明言性善,而其言率性为道,又解性为诚,则谓其隐然唱道一种性善说,亦非过论。

**道** 道者,依《中庸》原语为"率性"之谓。率性者,依于人性自然而为之活动也。朱子于此,则有如次之解释。"率,循也。道循路也。人物各循其性之自然,则其日用事物之间,莫不各有当行之路,是则所谓道也。"由此观之,则道即循性而行之谓。盖性为诚之表现,其中本有天理天道之潜在,率由于此而行其本来之命,于此自有人道之灿陈故也。尚有当详细论之者,依《中庸》之思想,则诚为一切伦理道德之渊泉,而善即与此一致之极轨,道德则体之于身而不违者也。此诚形诸人身则为性,因而循此诚之现实的性,即成为人事上一切行为之道,自不待言。

于此有当注意者,即天道人道之分歧是也。所谓"诚者天之道也，诚之者人之道也"，即此之谓。盖诚乃天理天则，而为贯彻万物广义之道，故曰天道。人道则为狭义的，诚其在己而始得之者也。依子思之所见，则与理欲交战之顷，苟非生知安行之圣人，不为诚之努力而能致其诚者，断无是理。此即天道人道相异之点也。

**教** 教者依《中庸》原语为修道之谓。所谓"修道之谓教"是也。朱子释之如次。"修、品节之也。性道虽同，而气禀或异，故不能无过不及之差。圣人因人物之所当行者而品节之，以为法于天下，则谓之教。若礼乐刑政之属是也。"由朱子之解释，则道为客观的存在。所谓礼乐刑政之属是也。是故道与性非两事，道即性之客观的表现，教则章明其道而量加品节者也。

于此有问题焉。前言率性为道，亦得云诚之为道。诚既普遍万物而存在，似无何等修养教育之必要。《中庸》说人道而论教育，一见有若矛盾。不知关于此点，但一深究子思之性论，不难明了。

何则，子思亦唱性有三品说者。观其区别知之品类，曰："或生而知之，或学而知之，或困而知之，及其知之一也。"又区别行之品类，曰："或安而行之，或利而行之，或勉强而行之，及其成功一也。"（《哀公问政章》）此言人之性禀不同，故知道有早晚，行道有难易，而其品类之悬殊若此。此之上中下三品，即孔子所谓上知、中人、下愚之三者。不待言上品之资，无待教育之必要，而此惟圣人能之，不能望之一般人。此外中下两品之有需于教育,宁俟多言。盖中下两品,知道较晚而行道较难也。而依子思之见,虽下品亦有教育之可能。以其同一禀受诚之本能故也。须知天赋之性,下愚与上知无殊。世焉有禀同等之性而不能受同等之教者。观其推论知行三品之结果,而一则曰"及其知之一也",一则曰"及其成功一也",此为认许教育可能之明证。以视孔子"下愚不移"说,否定教育之可能者,可谓另开生面矣。

## 二、目的论

上述之性、道、教论,为《中庸》伦理说之序论。次之当及者,即成为目的之理想论。

**诚之论** 依子思之思想,人生之目的,在于发挥其本性之诚。以《中庸》之言词表之,即率性而为之行动。何则,前言人类之性,为宇宙本体之诚,然则率性之行为,其结果自无不合于道也。即诚者天道,而性者人道之所存也。《中庸》原语"诚者天之道也,诚之者人之道也",意即谓此。不待言此之率性,非率其现实之性,即非顺其自然本能,而为发挥其本性之诚也。此与现今之自然主义,不容混同。唯子思以性为诚,认此为理想的至善,而非指其现实的方面。因而在未说明其关系如何之点,不无遗憾。总之诚为道德之根本,而非语于教育之目的,至为显然。

**中庸论** 虽然所谓"诚之""率性"等词,主要皆为客观的标准,至于道德修养之原理,则尚未明言。是以子思更从客观方面讨论及此,即夙传之有名中庸论是也。

中庸论亦得称之曰中论及中和论。以简单之言词表之,即一般所称"恰好"之意。更换言之,为无过不及之称。此思想,远自尧舜时代传来,而非子思独创的思想。即尧禅舜、舜禅禹,夙传"允执其中"之训语,与其他舜之四德、皋陶之九德、《洪范》之皇极,及《周易》所见中之文字是也。而此皆不外于所谓之中。故中可为儒教重要思想之一。所当注意者,子思之所谓中,非表现于三代伦理及孔子思想经验上已发之中,而为超经验的未发之谓。此于后文讲述中和论之际,自当明了。

然则此"恰好"及"无过有及"之中,为如何概念乎?此者一见颇似明显平易,而实则不如是之简单,盖其意义为穆然深远也。第一当区别者,此非算术上所谓之中。算术上之中,占中位之数,而《中庸》之中,则不如是。第二非如朱子所解几何学上之中。朱子解中为前后左右无所偏倚,是为几何学上累积之见。而此之中亦不类是。第三非孟子所谓执一之中。孟子于《尽心上篇》固有"执中无权犹执一"之言也。而《中庸》之中,亦与此迥殊。

然则中之究竟为何?依吾人之所见,第一,其原理非形式的拟议,第二,其德为究极的归宿。何则,第一,须知此中无内容,一有内容,则即成为算术的、几何的种种有定性之词矣。

而《中庸》之中非此类也。第二，其德为究极的至德，故无往而不可，直言之为临机应变一种具象的形容词。盖形式的原理，结合各个事物而为各个特殊之德，随时显现者也。

然则中之定义，极为困难，无已称为一种适于时宜而无过不及之法，孔子时中之称，庶几近之。彼夫亚里斯多德之中庸说，殆与此同义。其别名即子思之中和论，述之于次。

**中和论** "喜怒哀乐之未发，谓之中。发而皆中节，谓之和。中也者，天下之大本也。和也者，天下之达道也。致中和，天地位焉，万物育焉。"（首章），由是以观，中为喜怒哀乐未发之状态，和为发而中节之状态，然则中庸之中与其开端之性，当为同一之事物。

何则，喜怒哀乐未发之状态，此时则天性。浑然无所偏倚，一经发出则即成为喜怒哀乐之情故也。朱子于此，则有如下之解释："喜怒哀乐，情也。其未发则性也。无所偏倚，故谓之中。"此无所偏倚之解，亦即前述"恰当"之意。

然则所谓和者为何？曰：和者已发之情，中节而不失其正也。例之当喜之笑，当悲之哭，即谓之和。亦得谓为中节之德。朱子于此又为次之解释，"发皆中节，情之正也。无所乖戾，故谓之和"。

然则中和两者，不过为体用上之关系。即中为体而和为其用。故人而苟无在体之中，即不能有发而为用之和。又反言之，无发而为用之和，则即可断言其无未发在体之中，此皆事之极为显著者也。《中庸》并称此两者为中和，此则道德实践之极至也。《中庸》赞美其德而有如次之言论："中者天下之大本也，和者天下之达道也，致中和，天地位焉，万物育焉。"朱子于此，则有如次之注释："大本者，天命之性，天下之理皆由此出，道之体也。达道者，循性之谓，天下古今之所共由，道之用也。此言性情之德，以明道不可离之意。致、推而极之也。位者安其所也，育者遂其生也。……盖天地旧物、本吾一体，吾之心正，则天地之心亦正矣。吾之气顺，则天地之气亦顺矣。故其效验至于如此。"观此则中和两者之关系及其功用，俱可了然矣。

**诚与中和之关系** 于此所当注意者，即诚与中和（中庸）之关系。

由《中庸》之所说，则中为喜怒哀乐未发之状态，亦谓之性。和则性之已发而中于道者也。故由此点言之，中和要之与诚为近。何则，前固明言性不外于诚之本体也。换言之，诚者天道而兼人道，性者人道同时而合天道，而致中和，要之为致此性，同时亦得谓为致诚故也。《中庸》于此两者之非别物，而由结果上证明之。即前所谓"致中和，天地位焉，万物育焉"。何则，若致中和与致诚别而为二，则所谓天地位、万物育之本属于诚的功用者，毕竟难以实现故也。多数学者以诚与中和为同一观念，其理由俱不外是。

关于诚与中和之关系，学者又有为次之解释者。即为中为诚之主观的状态，和为诚之客观的表现。依此解释，则中和两者根本上为诚之自体则同,唯其已发未发及发现之方面有异耳。其本质与诚则是一非二,自不待言。

学者于此,又有以诚为对于"实在"而为实质方面的规定者,中和则对此而为形式方面的说明。依此解释,则诚与中和之本质则一,亦至显然。

以上为中庸之中,及其与修善目的诚的关系之解释。次更从道德修养方面观之。即实践道德上,中和或中庸为如何之关系乎?此不待言必有其理想、目的之所在。何则,得其中者,要之不外致诚以行人道而已。由此点言,道德修养之目的,即谓在于致中和亦无不可。

本来致中和与行人道之本为一致。其故则如《中庸》所云:致中则天下之达道以行,致和则天下之达德以立故也。

要之道德之目的,从实质方面言,则为诚之现实,从形式方面言,则谓为致中和以行其五达道三达德,亦无不可。所当注意者,此致诚及致中和,决非容易企及之事。盖言之似易而行之实难也。《中庸》赞其至而又明其为难,其言论如次。曰:"中庸其至矣乎!民鲜能久矣。"(第三章),此赞其至而又欲其难也。又曰:"道之不行也,我知之矣。知者过之,愚者不及也。道之不明也,我知之矣。贤者过之,不肖者不及也。"(第四章),此不行由于知之过或不及,不明由于行之过或不及也。行中庸者,必推大知。而此要非自诩之知。故第六章又曰:"舜其大知也欤!舜好问而好迩言,隐恶而扬善,执其两端,用其中于民，其斯以为舜乎！"七章又曰："人皆曰予知，驱而纳诸罟获陷阱之中，而莫之知避也。人皆曰予知，择乎中庸，而不能期月守也。"凡皆言得中庸之为难，而知行修养之为必要也。

## 三、修为论

《中庸》之修为论，以其自具之性说为基础，先知后行之思想为背景而营其动作者也。其性说即前述之性有三品说。上品为圣人而生知安行者，此亦何需于修养。《中庸》所谓"诚者，不勉而中，不思而得，从容中道，圣人也"，即此之谓。反之则中下两品，大有修养之必要。盖此二者，一则为学而始知，一则为困而后知也。而明道得知之后，则三者为同一归宿。故虽中品下品，但积修养而不息，则知道而达诚不难矣。此以今日之言词表之，则为教育可能论。又由行之一面言之，上品安行，中品利行，下品则勉强而行。而其终极，至于行之成功时，则无何等之差别。

又《中庸》对此可能论而称之为近道，且为学知利行困知勉行而知道行道者劝也。所谓"道不远人，人之为道而远人，不可以为道"（十三章），为前者之例。又"诚之者，择善而固执之者也"（二十章），为后者之例。总之道者，仍不外于率性而已。

然则修为修养之法如何？《中庸》则以下列二方法答之。（一）尊德性；（二）道问学。今再详为论述于下。

**尊德性** 此读如字而为尊重各个自身之德性是。指实言之，不外存养省察之功。何则，率性为道，离己之性而他求之为不可能。故为尊重自己之德性——良心，势不能不需于存养省察之学功。存养者，简言之为宅心之体也。杜绝心寇人欲之来侵，而时时澄清其本体，戒慎不睹，恐惧不闻，则存养之功在是矣。省察者，审慎于心之用（动）也。一念之起，因而考虑其合理与否，从其合者而不使之走入于否也。《中庸》："是故君子戒慎乎其所不睹，恐惧乎其所不闻，莫见乎隐，莫显乎微，故君子慎其独也"（首章），此兼存养省察而言之也。其专言省察之功者，则如"《诗》云：'潜虽伏矣，亦孔之昭'。故君子内省不疚，无恶于志。君子之所不可及者，其惟人之所不见乎。"（三十三章）又专言存养之功者，则如"《诗》云：'相在尔室，尚不愧于屋漏'。故君子不动而敬，不言而信。"（同上章）凡皆言尊德性之功也。

次再分内外二方面观之，内的方面，即前言之"内省不疚，外的方面，即前言之"不愧屋漏"。此与《大学》诚意章之戒自欺而求自慊之意，若合符节。

**道问学** 道问学，即步趋学问之谓。朱子诂道为"由"，最为允当。《中庸》于此等功夫而举出五目：（一）博学；（二）审问；（三）慎思；（四）明辨；（五）笃行（二十章）。再详述之，博学为广博其学，审问为详审其问，慎思为熟慎其思，明辨为明确其辨，笃行为敦笃其行是也。

次再仔细考察前述之五者，博学、审问，为学于己而问于人，可称为外的知识，慎思、明辨，为自思念而自辨别，可称为内的知识，笃行则切实行其所知者也。而此为学知利行之法。《中庸》则更谆谆于困知勉行之法，而举百倍之功。曰："人一能之己百之，人十能之己千之。"功既尽矣，则成效立彰。故又曰："果能此道矣，虽愚必明，虽柔必强。"此百倍其功之效也。

《中庸》又云："诚之者，择善而固执之者也。"此明上述学问上之心得。其关系，则择善者，以博学、审问、慎思、明辨四者，为其体系之功，固执，则示笃行者拳拳服膺之心态也。盖诚为伦理道德之渊泉，为到达此渊泉，实现此诚，先知善，然后固执而实行之，此学问之要道也。此所谓善，要之为伦理之极轨。以他之言词表之，则择善为学知之功，固执为利行之功。而此学知、利行，谓为学问上之两大要义，亦无不可。

要之道德目的之诚，如上所述，可由尊德性、道问学而致之。又由前述中为诚之主观的显现，和为客观的状态二语观之，则致中和之道，其有待于尊德性、道问学之功夫，无俟多言。

此外观其先学知择善而后固执利行，则《中庸》亦与《大学》同为先知后行说，至为显然。兹为便利说明计，表示如次。

## 四、本务及德论

《中庸》论诚、论性道教、论中和，更进而论关于本务及德，

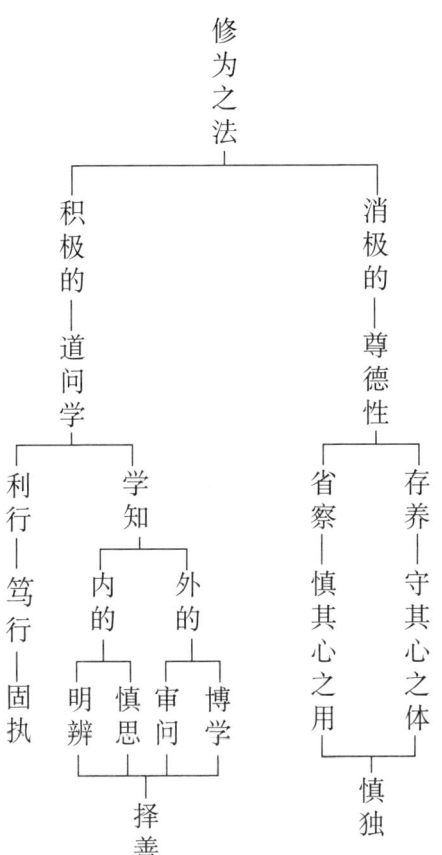

所谓五达道及三达德是也。今分述于下。

**五达道论** 《中庸》之五达道,相当于伦理说中之本务论。然则五达道为何?《中庸》之论如下。"天下之达道五,曰:君臣也,父子也,夫妇也,昆弟也,朋友之交也。"此君臣、父子、夫妇、昆弟、朋友之五者、世称为五伦。五伦之名,则孟子之所拟也。

今略考究五伦之由来，其渊源远在孔子以前。所谓"五典""五教"是也。此"五典""五教"之语，出于《尚书·尧典》《舜典》。其意义，则明明为一种义务之名称。但其内容，多属于家庭道德，颇多缺陷之点。至孔子则稍具体系。论语齐景公问政于孔子，而孔子答以"君君、臣臣、父父、子子"是也。

由此观之，五伦之实，殆早为孔子所默认，不过未有明文耳。子思发展孔子之思想，始为确然的论列。此思想至孟子始大成之。（《孟子研究》参照）

然则此君臣、父子、夫妇、昆弟、朋友之五伦，何故为天下之达道乎？依子思之所见，则此为天下古今共由之道，故曰达道。于此苟有缺陷，则实陷其道德究极目的所谓诚之道者，毕竟为不可能。又从反对之方面言之，致此五达道，则致和致中，自能相因而至。盖中者天下之大本，和者天下之达德，其关系已详于前也。而此君臣、父子、夫妇、昆弟、朋友之五伦，遂为后来东洋道德重要之条教，从今日伦理学上观之，大体亦称适当。我国教育勅语之顺序，亦依此也。

子思五伦说中，所应特别注意者，即特重君臣之关系而置之首位。此由继承孔子尊王思想之特色来也。子思此点，则与孟子置父子于君臣之上位者，大异其旨。孟子盖号称民主主义者也。

**三达德论**　子思德论中，非无关于仁义论、礼论及忠恕论等，而其特别可述者，即夙传之三达德论。然则三达德为何？曰：知、仁、勇三者。《中庸》："天下之达道五，所以行之者三，曰：知、仁、勇三者，天下之达德也。"即此之谓。朱子于此，则有如下之注释。"谓之达德，天下古今所同得之理也。"盖谓此德通古今东西而无不浸灌之涵濡之矣。

三达德所谓知者，为认知之德，仁为力行之德，勇为自强不息之德。上述之五达道，即由此三达德而实践之也。

不特此也，前言天下达道之和，若为五达道之实现，则此三达德亦当为天下大本之中的实现。盖中为在体未发之根本的德，三达德则中之发现于其应用方面者也。

此三达德之分类法，以心理为基础，恰可比于古代希腊之四元德（智慧、勇敢、节制、正义）。即知者知之德，仁者情之德，勇者意之德也。吾国以三种神器比于知仁勇三德，亦依此三达德而来。

此思想，实为继承孔子之思想。何则，孔子于《论语》中早有智者不惑、仁者不忧、勇者不惧（《子罕》《宪问》两见）之三德也。此分类法，后世学者夙少采用以至于今。至其五常（五德）说，则为另一基础之分类，与此绝无干涉。

最后所以行其三达德者为何？《中庸》于此则溯源于一。曰："所以行之者一也。"然则一又为何？朱子则以"诚"字释之。所谓"一则诚而已矣"是也。其理由，知仁勇三者，为中之用，而中则又不外诚之本体故也。

要之行五达道以三达德，行三达德以诚，《中庸》本务及德论之要义，具于是矣。

# 第四章 政治思想

《中庸》之政治思想，一如《大学》之概为德治主义。此儒教根本特色政教一致之思想所使然也。故修身不能不为其第一要件。此九经所以必先修身也。

由斯言之，政治本为一种根本理想的应用，换言之为一种技术。而《中庸》之政治思想，除上述之伦理思想外，并略带有宗教思想，而与他之天命说及福德一致思想为背景。故由此点言之，《中庸》之治政说，视为子思一切思想之根柢所谓哲学、伦理、宗教诸思想，而立说于其上为最宜。

彼论有大德者，当受天命而为君去，有志者为行其理想抱负而当居高位，此亦"为政在人"之意也。其示获信于上之方法如下。曰："在下位，不获乎上，民不可得而治矣。获乎上有道，不信乎朋友，不获乎上矣。信乎朋友有道，不顺乎亲，不信乎朋友矣。诚身有道，不明乎善，不诚乎身矣。"（二十章）。此言为信于上，先信于友，为信于友，先顺于亲，为顺于亲，先诚其身，为诚其身，先明乎善之后先次第。因而立身处世之根本，在于立诚，自不待言。此由为政必归有德之信仰审慎而出者也。《中庸》又为次之议论，曰："唯天下之至诚，为能经纶天下之大经，立天下之大本，知天地之化育。"此亦可见至诚之功用为不小矣。

《中庸》次论为政之道而归之于九经。九经者，（一）修身；（二）尊贤；（三）亲亲；（四）敬大臣；（五）体群臣；（六）子庶民；（七）来百工；（八）柔远人；（九）怀诸侯。兹胪举其全文如下。"凡为天下国家有九经，曰：修身也，尊贤也，亲亲也，敬大臣也，体群臣也，子庶民也，来百工也，柔远人也，怀诸侯也。"

然则九经之意义如何？《中庸》则如下论。曰修身则道立，尊贤则不惑，亲亲则诸父昆弟不怨，敬大臣则不眩，体群臣则士之报礼重，子庶民则百姓劝，来百工则财用足，柔远人则四方归之，怀诸侯则天下畏之。

意义既明，更进而论其理由。斋明盛服，非礼不动，所以修身也。去谗远色，贱货而贵德，所以劝贤也。尊其位，重其禄，同其好恶，所以劝亲亲也。官盛任使，所以劝大臣也。忠信重禄，所以劝士也。时使薄敛，所以劝百姓也。日省月试，既禀称事，所以劝百工也。送往迎来，嘉善而矜不能，所以柔远人也。继绝世，举废国，治乱持危，朝聘以时，厚往而薄来，所以怀诸侯也。

意义既明,理由亦澈,如是则知之能事已尽。然则所以行之者如何?《中庸》又为次之言论。"凡为天下国家有九经,所以行之者一也。"此则以一为九经之根本,而一之为诚,更不待言。

要之体诚以行九经,天下国家之政治,自无一不举。此《中庸》政治之要道也。兹为使于明了计,表示如次。

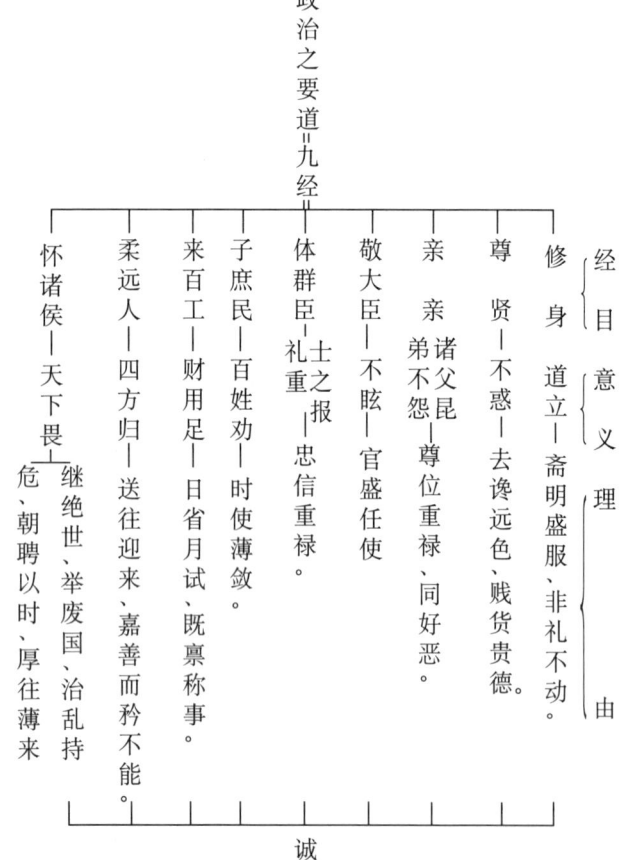

以上为政治之理想。而在现世，往往有大德不得其位，理想不能实现于世者。例如孔子志欲行道，乃所如不合，反来意外之危险。《中庸》于此诿为天命，一切甘受而不辞。所谓素位而行，居易俟命也。其全文则如下所示。"君子素其位而行，不愿乎其外。素富贵，行乎富贵。素贫贱，行乎贫贱。素夷狄，行乎夷狄。素患难，行乎患难。君子无入而不自得焉。在上位，不陵下。在下位，不援上。正己而不求于人，则无怨。上不怨天，下不尤人。故君子居易以俟命，小人行险以徼幸。"（十四章）此言君子之遇变而不失其常，处险而能安之若素也。

最后就《中庸》之政治说与《大学》之政治说，一为比较言之。两者以修身为政治之大本，以德治主义为其归宿，则皆同。又《中庸》之九经与《大学》之齐家、治国、平天下，其间亦有近似之处。例之《中庸》之亲亲，相当《大学》之齐家。子庶民、来百工，相当治国。柔远人、怀诸侯，相当于平天下是也。但以外之三目，尊贤、敬大臣、体群臣三者，总之乃为政者对待臣下之法，于《大学》则无其例。唯尊贤一目，差可比于《大学》"见贤而不能举，举而不能先，命也"（《平天下章》）之人材登用论。

又《大学》关于利用厚生之思想，有涉轻视之嫌。而《中庸》于子庶民、来百工两目中，略一及之。要《中庸》之政治说，谓其比于《大学》为较详细，亦无不可。

## 第五章 其他之思想

　　《中庸》思想之荦荦大者,为上述之哲学思想、伦理思想,及政治思想。此外亦不无一二思想之足述。例之广义之宗教思想、教育思想是也。所谓宗教思想,(一)关于鬼神之思想;(二)天命说;(三)福德一致之思想。教育思想,即散见于上述教论、修养论中之思想。以下为免复沓仅一述其概略可乎。

　　**宗教思想**　中国一般思想宗教信仰之对象,不外乎天。而儒教之重视此天为尤要。此思想远目三代传来,天为一切之规范。例如尧之则天而统治天下,舜之祭上帝、礼六宗、望秩山川、偏于群神,孔子法天而畏敬之,其明证也。而此所谓之天,即上帝,总之不外"人格神"之自身。

　　因而此天、其为道德之最高标准不待论,尤要在此天俨若为批判者,对人而操祸福赏罚之权者也。

　　又《中庸》有论鬼神一章。即十六章:"子曰:'鬼神之为德，其盛矣乎！视之而弗见，听之而弗闻，体物而不可遗。使天下之人，齐明盛服，以承祭祀。洋洋乎！如在其上，如在其左右。'《诗》曰：'神之格思，不可度思，矧可射思。'夫微之显，诚之不可掩，如此夫"是也。

此之鬼神，简言之为神。详说则为天神、地祇、人鬼之总称。本文之目的，要之为赞美神德之广大，而亦可见子思确信有此神之存在也。尤其孔子为不语怪、力、乱、神，因而学者依据此点，有谓此文非《中庸》本相者，斯等否定，殊不足信，宁可视为子思宗教思想之一端。而况"有神论"派学者，固有以诚与天道，鬼神等视者乎？

由此观之，鬼神者，无声色无形体而超然于吾人之感觉之外者也。而其存在，毫无可疑之余地。盖体物遍满而无所遗故也。又其德为至盛，故人之斋明盛服而致祭者，当局固有所不自知也。

是故前文果视为子思发表之思想，则于其中当可认出：(一) 此神为俨然存在之神；(二) 此神有主宰万物之全力；(三) 操纵人世祸福赏罚之大权；(四) 人不可不积德敬畏此神之各种宗教观念。

次观其天命说及福德一致说，此为宗教思想之一端，亦至显然。盖此二者均可视为一种宗教信仰故也。

天命说，即认定天之命令而与时安处之思想。换言之，即识得天命之谓。故此思想，其以风传之"天"的观念为基础，自不待言。而"天"即上帝之谓,前固明言为一"人格的神"也。上帝有时亦称天帝,鬼神乃宗教方面之天的变称,其命亦云天命。故天命为最终最上最极之命则无更进于此者。此天命谓为最高之规范亦无不可。彼之为天子者,受此天命,行此天意,而为天之子,故云天子。但天子而不行天道(即人道),至于不德而失其常态时,他之体天意者行放伐而代之,此为易世革命之根据。

所当注意者,《中庸》之安心立命,非如哲学上之宿命论。此为继承"尽人事而听天命"之孔子思想故也。而《中庸》之"上不怨天,下不尤人"之思想,即此之谓。

次申福德一致之思想。此思想由支配万物之道德神所酿成。何则,天道人道,是一非二,故实践人道之有德者,自能顺应其命,由天授赏而大应显福也。此思想为伦理主义必然之归宿。而由希腊思想观之,则此亦为康德《道德宗教论》(灵魂不灭论)之前提。具此信念,则凡躬遇坎坷之有德者,得以变其无怨无尤心逸日休之岁月。至圣如孔子,即此最好之例证也。其见于《中庸》者,如"舜其大孝也欤!德为圣人,尊为天子,富有四海之内,宗庙飨之,子孙保之。故大德必得其位,必得其禄,必得其名。必得其寿。"(十七章)此则表明福德一致之思想至为显著也。而在缺陷重重现实之今世,两者之不能一致,亦实无容讳言。于是而天命思想起焉。盖人类而不获得任何之信仰,则一日而亦不能安然持续其生活故也。

**教育思想** 中庸之教育思想，于前章"教论""修为论"，曾一论及。兹为避免重复，仅抽出其要点如次。（一）教育之意义，为修道之事，所谓"修道之谓教"是也。道为人道，即道德之谓，盖致中和，体得其诚于吾人之身也。故由此点言之，《中庸》上教育之教材，道德以外无其它条件。（二）其目的，如曩所述，为致诚而得中和。盖诚为道德之究极，同时又为教育修养之标的故也。（三）其方法为上述之尊德性、道问学二者。

次之当注意者，为《中庸》之教育可能论。即依《中庸》之解则教育为可能。孔子言"下愚不移"以下品之教育为不可能，《中庸》则反之而以为可能也。前言生知、学知、困知三者知之结果则一，安行、利行、勉行三者行之成功则一，其明证也。故由此以推，《中庸》之思想，谓为"教育万能说"，亦无不可。此则较孔子之思想为更进一步。

至其教育主义，为道德的人格主义。方法上之主义，为先知后行论，亦得称为广义的主知主义。又学习之态度为自强主义。修养训练之态度，为笃行主义。《中庸》固曾重申人一己百、人十己千之百倍功夫也。

# 第六章 《中庸》之批评

次再批评《中庸》之思想，而概观其长短各点之所在。先论其所长者。

第一，《中庸》思想，其与实践儒教以深远哲学的根据、为其大有贡献之一。何则，儒教之起源，本来为实践的。所涉及者大都日常卑近之道德事实，高远而深玄者，则措置不论。尤其郑重言天而至成为独具之信仰，此则非儒教教理组织的根柢，比较言之，有类道教之幽默玄深的哲学。子思于此，为补其所短，乃组织其所谓"诚"的哲学，唱道天人合一之哲学伦理说，因而儒教一跃而有深玄幽远的根据。此则《中庸》特长之一，未可淹没者也。

第二，《中庸》思想，与今日之人格实现说，又大有酷似之处。何则，《中庸》以吾人之性为诚，相当于人格实现说之"人格"，以及精神生活之"真我"，而率性之道，亦与依人格及真我而出之行动，为德、为善之意义同。此《中庸》之伦理说，极似一种人格实现说，而为《中庸》特长之二。

**中庸之诚与格林绝对精神之比较**　《中庸》之"诚"，与英儒格林绝对的精神，亦大有相似之处。何则，格林绝对的精神，为宇宙之唯一实在，而《中庸》之诚亦为唯一之实在也。又绝对的精神为神，《中庸》之诚亦为鬼神。绝对的精神为大理想，为道德渊泉，而诚亦为道德之大原理故也。因而谓格林之自我实现说，与《中庸》率性说为一致，更无疑义。

第三，其论天道与人道之关系，阐明性、道、教之意义，又为其特长之一。即"天命之谓性，率性之谓道，修道之谓教"，三者阐明道德教育之意义，殆无余蕴。

此外修为论、政治论中，亦不无一二特长足述。本务论（五伦说）则较孔子为更进一步。又诚论至孟子而成为性善论，其明证也。次再举其所短。

第一，其所论者为偏向形而上学的方面，虽日常道德，亦不免有徒骛高尚之嫌。原理论之诚不必说，即实践道德规范之"中庸论"，亦辄涉及已发未发之形而上学的观念，卑近事实，而亦动驰域外之观。此则与孔子之学风全然相反者也。

第二，偏重个人方面之考察，而未顾及社会的一面，此与《大学》终局之批评为同病。盖此为东洋道德之一般缺点，不只中国已也。更换言之，《中庸》道德上考察，主要为主观的、个人方面之研究，而客观的、社会的方面之考察殊少。此则一般学者诋为个人完成说之由来也。

第三，以性为理想之物，结果至使后儒发生性善性恶之论争。何则，《中庸》率性思想，苟一征之人性事实。而下解释，其为反对之表现者，殊属不少。即以自然的自我意味解之，在在发现性恶之论证，荀子即此派之代表也。固然《中庸》之"性"，若依《中庸》式之解释，当无何等之问题。惟其玄说浑沦，稍一不慎，辄误认为似是而非之自然方面的性，其极至为自由放任的处理。此则流弊之大者也。

此外又有以《中庸》之伦理说，为一种绝对的唯心论说，亦多予人非难之隙。此则参之前说而可知也。

# 第三篇 《论语》研究

# 第一章 解题

## 一、《论语》之题名

《论语》,乃记录孔子及其门人言行之书。而其称谓之由来,殆有种种。《汉书·艺文志》云:"《论语》为孔子之自言及与诸弟子互相问答,一时与闻其言之弟子,各自为记,及夫子卒,门人相与辑为论纂,故曰《论语》。"又郑玄云:"论者,纶也,轮也,理也,次也,撰也。以此书可以经纶世务,故曰纶。圆转无极,故曰轮。蕴含万理,故曰理。序次篇章,故曰撰。"此外尚有二三解说,总之以《论语》为论撰孔子自言及其与门人或时人之应答,故有斯名,此当为最允当之见,本书亦姑采斯说。

## 二、编纂者

《论语》之编纂者为谁？亦有种种之说。如《汉书·艺文志》所云，则为门人所编，而其出自谁手，则不可知。又皇侃引证"论语通"，而谓"孔子殁后，七十弟子之门人相与撰录"。郑玄则谓为"仲弓、子游、子夏之所撰定"。其他尚有柳宗元之曾子门人说，宋永享之闵子门人说，纷纷聚讼，莫衷一是。然则程朱之说如何？其云："此书成于有子、曾子门人之手。"其理由，则以本书独二子称子故也。

如斯种种之说，各异其见。总之此书非成于一二人之手，而其为七十子之门人相与撰录，自属至当。关于此而服部博士披沥如次之意见。

"此书出自何人之手，无庸深究，其成为定本出世之前，更经校订，校订之际，改订称呼，则为应有之事。此书记曾子将死之事以外，又载子夏之门人问交于子张，子游批评子夏之教育法，及子游、曾子批评子张之事，由此可见孔子死后诸弟子各自成家之状况。因而此书为孔子死后，历经多年而后撰定，为明白无疑云。"（《汉文大系·论语解题》）

上所征引，氏之关于本书编纂推断之情形，自当为至当不易之见。

## 三、《论语》之种类

《论语》,汉初有三种别本:(一)鲁《论语》,凡二十篇。(二)齐《论语》,凡二十二篇,较之鲁《论语》多《问王》《知道》二篇,其他各篇之章句,亦较鲁《论语》为多。(三)古《论语》,分离鲁《论语》之《尧曰》下章《子张问》另为一篇,计凡二十一篇。

至前汉末,安昌吴张禹,折衷鲁齐之两《论语》,又撰为《张侯论》。

又古《论语》,经前汉孔安国,及后汉马融,各加训诂,又后汉郑玄,本鲁《论语》,并考齐、古二《论语》,更定篇章而为今之流传《论语》二十篇。

## 四、《论语》各篇之内容

《论语》篇目,全部计为二十。其各篇内容,大体如次:

| | |
|---|---|
| 第一篇 《学而》 | 第二篇《为政》 |
| 第三篇 《八佾》 | 第四篇《里仁》 |
| 第五篇 《公冶长》 | 第六篇《雍也》 |
| 第七篇 《述而》 | 第八篇《泰伯》 |
| 第九篇 《子罕》 | 第十篇《乡党》 |
| 第十一篇 《先进》 | 第十二篇《颜渊》 |

第十三篇《子路》　　　第十四篇《宪问》

第十五篇《卫灵公》　　第十六篇《季氏》

第十七篇《阳货》　　　第十八篇《微子》

第十九篇《子张》　　　第二十篇《尧曰》

上开《学而篇》主要为谈学问，《公冶篇》论古今人物，《乡党篇》记孔子之行状，《先进篇》多记关于弟子之事，《微子篇》论衰世现象，《子张篇》亦多记门人之事，《尧曰篇》则述孔子继往开来之事不少。其他各篇则无特点足述。

## 五、《论语》之传来及注释书

《论语》之传至我国（日本，后同），在应神天皇之十六年。其载在史籍者，即"自百济献《论语》及《千字文》"之事。其后后伏见天皇御宇、元僧一宁归化我国，始传程朱之新注。后至德川时代，本书始与《大学》《中庸》《孟子》相并而广布全国。

《论语》为圣典中之圣典，在四书中最为重要，以故注释繁多，其最有名者，为次之诸书。

一、《论语集解》　十卷　　　　魏　何　晏

二、《论语义疏》　十卷　　　　梁　皇　侃

三、《论语释文》　　　　　　　唐　陆德明

四、《论语正义》　二十卷　　　宋　邢　昺

| | | | |
|---|---|---|---|
| 五、《论语集注》 | 十卷 | 宋 朱熹 |
| 六、《论语古义》 | 十卷 | 伊藤仁斋 |
| 七、《论语语征》 | 十卷 | 物徂徕 |
| 八、《论语征集览》 | 二十卷 | 松平赖宽 |
| 九、《论语大疏》 | 二十卷 | 太田锦城 |
| 十、《论语集说》 | 六卷 | 安井息轩 |

**补** 孔子之传记——远藤隆吉氏，高濑武次郎氏

**孔子之先世** 与释迦基督相并而为世界三圣之一，发挥人道，指导万民，大放世界之光明如孔子者，生于鲁襄公二十二年（前552）十月二十一日，鲁昌平乡之陬邑。其祖先远出宋之湣公，湣公为殷微子启之后，湣公之子有弗父何及鲋祀，湣公死而其弟炀公立，鲋祀弑之，而授国于其兄弗父何，弗父何辞不受，鲋祀自立，是为厉公。而弗父何及其子孙，世为宋卿。弗父何生宋父，宋父生正孝父。正孝父为人，温恭、谦让，长于文学，兼通音乐。历事宋戴公、武公、宣公三君为宋柱石。正孝父之子曰孔父嘉，为宋司马，不幸为华父督所杀，自是以来，其子孙降为士，世称孔氏。孔父嘉之子曰木金父，木金父生祁父，祁父生防叔，防叔生伯夏，伯夏生叔梁纥，即孔子之父，叔梁纥为人，武勇绝伦，为鄹邑大夫。晚年娶颜氏之女徵在，生孔子。

**孔子之童年** 孔子名丘，字仲尼，相传"孔子之母祷于尼

丘之山生孔子"。其名即因尼丘之山而称之也。

孔子有兄一，其字称仲尼以此。孔子生未久，丧父，稍长，陈俎豆，设礼容，后娴礼乐，其素质早于此时见之。年二十娶妻，生子鲤（伯鱼）。

**孔子之壮年** 今案《孔子传》，长官米穀出入，又司牧畜，谨于其职，克彰今绩，盖虽贱职而不敢忽。尝适周问礼于老子，既反，弟子益进。鲁昭公五年，孔子年三十五，适齐景公不能用，遂去反鲁。定公元年，孔子年四十三。时鲁季子强僭，其臣阳虎作乱，专政，孔子避之，已而定公以孔子为中都宰，一年四方则之。遂为司空，又为大司寇。十年相定公，与齐侯会于夹谷，齐人返鲁侵地。十四年，孔子年五十六，设行相事，诛少正卯。与闻国政，三月而鲁大治。齐人妇女乐以沮之，季桓子受之，孔子去鲁。适卫，又适陈，过匡，匡人以为阳虎拘之。盖阳虎尝作乱于匡，匡人苦之。孔子貌似阳虎，又其御者颜刻往年尝为阳虎御，故匡人以为阳虎再来而拘之也。围即解，返卫，去而适陈，三年返卫。灵公不能用，又适陈，往返蔡叶楚卫而归鲁，时在哀公十一年，孔子年六十八（或曰六十九）。

**孔子之晚年** 孔子返鲁，哀公待以国老，咨询大政，亦数有陈说。终以哀公凡庸之君，不能有为，乃不胜其世道陵夷之感。曾自叹曰："凤鸟不至，河不出图，吾已矣夫。"自是遂绝意仕进，一意从事著述及弟子之熏陶，乃编纂《诗》《书》，修订《礼》《乐》，究《易》，作《春秋》。一生之事业，于以完成。

其中《春秋》，为孔子惨淡经营之作，盖微言大义，隐具于字里行间。尝自言曰："知我者其唯《春秋》乎！罪我者其唯《春秋》乎！"可见其自信之所在。其时受熏陶者三千，身通六艺者七十二人。

**孔子之终** 盛衰循环，天道人生，概无二致。幸运既过，而悲哀临头，孔子亦岂能幸免。晚年丧子伯鱼，哀公十四年春，西狩，叔孙氏之车子获麟，以为不祥。未几高足颜回去世，孔子恸哭之，曰："天丧予！天丧予。"翌年子路亦逝。孔子哭之曰："天祝予！天祝余！"（《公羊传》何注：祝，断也。）自是以来，孔子寝衰，翌年罹病。子贡入见。此时孔子负手，曳杖而逍遥于门，曰："赐也！汝来何晚？"言之潸然！病七日而殁。时鲁哀公之十六年西历纪元前四百七十九年（四月十一日，享年七十四岁，或云七十三岁）。葬鲁城北泗上。弟子服心丧三年，唯子贡卢墓六年，始去。——译者按此传，著者采自彼邦远藤隆吉之《哲学大词书》与高濑武次郎之改订《教育大词书》，二氏原书，大抵采自我国《史记·仲尼世家》及《礼记·檀弓》等书，阅者可并参考。

# 第二章 《论语》之根本思想

孔子之思想,表现于其《论语》谈话中者,其主要:(一)伦理思想;(二)政治思想;(三)关于人性之思想;(四)关于教育之思想;(五)关于哲学、宗教之思想。

**孔子思想之由来** 《论语》思想(即孔子之思想)之由来为何?孔子曾自谓为"述而不作,信而好古",是非独创,而为集诸子之大成者。换言之为传述尧、舜、禹三代以来之政教思想。征之《中庸》所说,益为明白。《中庸》云:"仲尼祖述尧舜,宪章文武",由此言,则《论语》之思想,似完全为古人之思想,而实不然。其中固有可自为孔子之思想者。例之政教原理之仁的观念,则依孔子自己之意匠融贯而成。故孔子之教,绝非纯粹传统的思想。严密言之,仍不能自为创造的产物,盖由前述祖述、宪章、集大成之语,可考而知也。

更详论之,所谓祖述,祖述为何?所谓宪章,宪章为何?

子思之《中庸》谓："祖述尧舜，宪章文武。"毕竟祖述尧舜与宪章文武为某事某物，不曾明言。又对于此之解答，学者亦不一其说。而一比较孔子以前之思想与孔子之自身，不难于其间寻得其要领。所谓祖述者，毕竟不外尧舜第一思想之中，宪章者，毕竟不外文武周公之礼。何则，中为儒教根本观念重要条件之一，远自尧舜之世，即为修己治人之本，而至成为孔子思想之中庸，及忠恕论，此与仁之观念表里前后而构成其原理说。又周之礼，郁郁有文，孔子于修己，则以此为达于仁之重要手段，于治人，则以此为治国平天下之方法，固有其由来也。此所谓礼，不待言为广义之解，而指政治的法制、社会的典礼、伦理的仪礼三者而言。

**注** 以祖述宪章为中为礼，始自白河、宇野两学士，及服部博士。

前言祖述为中，宪章为礼是矣。以余之见，孔子之思想，不能谓其与此中、礼之外无关系。因而孔子以前古人之思想，影响及于孔子之思想，而其有出于此之外者，自不待言。例之三代伦理之思想中，有上述范围之所不及者，如（一）政教一致之思想；（二）修己治人之思想；（三）天人合一之思想；（四）福德一致之思想，（五）其他德论、义务论，何一不于此发其端。故广言之，孔子之思想，以孔子以前一切人之思想为要素，萃而成为孔子人格生活之洪炉，熔铸而集其大成，自当为至当不易之言。

**根本思想** 以上为关于孔子思想由来之一事。然其根本之思想为何,又为亟待考究之问题。

于此孔子曾自述其一二。曰:"赐也,女以予为多学而识之者欤!对曰然!非欤!曰:非也!予一以贯之。"(《论语·卫灵公篇》)又曰:"参乎!吾道一以贯之。"曾子曰:"唯。"(《论语·里仁篇》)由此则孔子之根本思想,其为一贯之道彰彰明甚!

虽然孔子不曾明示其一贯之道为何,以是后之学者,于此又有种种之解说。曾子则谓"夫子之道,忠恕而已"。是以忠恕为一贯之道。朱子则谓"圣人之心,浑然一理,而泛应曲当,用各不同"(《论语集注》),是以理为一贯之道。全祖望谓:"一贯之道,不须注疏,但读《中庸》,便是注疏。一者诚也,天地之道,一诚而已。"是以诚为一贯之道。我国龟井南溟以一为一贯之道。诸说之不同如此。

然则上述诸说之当否如何。先论"忠恕即一贯之道"说。此说在中国汉唐诸儒、有清多数考证学者,及我国宇野明霞等,多赞同之,于盖然的意味,大体尚是。然一精细论之,则二者决非同一之概念,最易明晓。何则忠恕之概念,包括孔子思想学说之全部,至为狭隘故也。例之孝悌仁义之德,幸由忠恕之观念中可以推量而出,而其他关于仪式、制度等,毕竟不能由此得演绎之说明。以是之故,虽曾子为孔子亲炙弟子,恐亦有未能自信之处。

次及朱子"理即一贯之道"说。此只可为朱子之思想,毕竟与孔子之思想有别。何故，理的思想，为宋儒所特有，孔子不曾为理气心性之论故也。故此说之为误，无庸赘论。

又"诚即一贯之道"说。此说正当之解释殊鲜。为此说者，必先有孔子之《论语》与子思之《中庸》同一根柢之假定，且其立言亦有近于独断之势。而孔子一贯之道与子思之诚，其间本有显著之差异。与其要点：一贯之道，指形而下的汇归，子思之诚，则指形而上的实在，二者不能类比为言者也。

最后为"一即一贯之道"说。此说以为一贯之道，除一之外不得施任何之解释。然亦只见其形式，而未及其内容，故亦不能为正当之解释。

然则一贯之道毕竟为何？我国伊藤仁斋、物徂徕等，以仁之一字当之。仁斋之言曰："忠恕二者，乃求仁之至要，而圣学之所成始成终者也。盖忠恕所以一贯之，非以忠恕调一贯也。"（《论语古义》卷二）此盖以仁为充实一贯之道。又物徂徕曰："仁，先王之一德也。故谓先王之道，仁尽之。"（《论语征》）此以仁为一贯之道，而与国中现代学者之说同归，吾人大体采用斯说。

再覆按之，一贯之道，其概念颇属难解。以是解说纷歧，人各异见。然一充分玩味《论语》之思想时，则仁之一字实足当之，殊无可以反对之理由。且在今日国中有名学者，固无一人能持异论者也。

如是则孔子一贯之道为仁。但此所谓仁，不同于义、礼、知、信并称之狭义之仁，而其为广义之仁，自不待言。

以一贯之道为仁，则与礼、中庸、忠恕等之关系如何？此亦急待研究之问题。关于此而国中现代多数学者，以礼为一贯之道仁的外施，即仁之社会化。中庸为一贯之道仁的体段。忠恕为一贯之道仁的基础，而为实现此道最近之手段，吾人亦甚赞同。盖仁为一贯之道自身本质的名称。礼为一贯之道客观表现、社会秩序。中庸为一贯之道于个个特殊环境所为之适当形式状态。忠恕为一贯之道一方面，而且为实践之第一手段也。因而此之礼、中庸、忠恕等，一一受其本质于仁，此即一贯之道为仁之所以也。

由上之解，孔子思想之根本在一贯之道，亦得谓为在仁之自身。《论语》言仁最多而郑重视之，即此之故。固然具体的说明一贯之道，阐明根本思想，不能不就仁、礼、中庸、忠恕而详细论述之。而自其一面观之，亦为《论语》思想之本义所在，则本章之分述，义亦当然。

最后尚当一言者，一贯之道为仁，此不仅为孔子之伦理说，即政治、教育诸说，亦无不依此而通贯之，所谓一贯之道，其取义亦不外此。

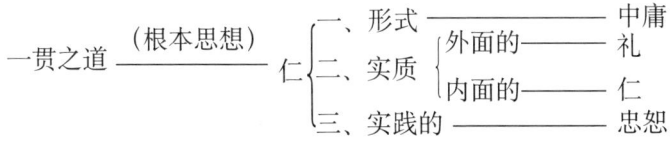

# 第三章 伦理思想

表现于《论语》中之伦理思想,可分为(一)原理论;(二)实践道德论;(三)义务及德论。

## 一、原理论

原理论,即广义之理想论,而为(一)仁论;(二)礼论;(三)中庸论之总称。

**仁论** 孔子伦理说之理想即仁之观念。换言之,为涵濡于仁之范围中的人生目的。因而所谓道者,除体仁于自身以外无他道。然则所谓仁者为何?此之解释,殊非容易。何则,孔子于仁,本无确定的说明,因而于某种意味,遂生种种不同之解释。余意则看先辈于此各有如何之解释,然后进而述自己之意见。

第一,以感情之德为仁。孟子、韩退之、伊藤仁斋等,皆取斯说。孟子以"不忍人之心"为仁,换言之为恻隐之心。又韩退之云:"博爱之谓仁",是又以博爱为仁。固然,此等博爱,恻隐之心,以仁为其主德,当无异论。不过孔子之所谓仁,则有较此更广之意味,更高之原理在。故不能直以此等博爱,恻隐之情为仁。

第二,以功利之德为仁。我国物徂徕氏即取斯说。氏之"辨名"篇云:"仁为长人安民之德。"固然,仁之一字,含有长人安民之功利的要素,苟一深究之,当不仅为治人政治的意味,个人道德的意义,亦兼有之。故不能以此为仁之圆满的解释。

第三,以本体之德为仁。此为宋儒程朱所采之说。程子以"生生之道为仁",朱子以"心之德爱之理为仁",其他谢上蔡以中心觉悟为仁。本来斯等之解,各有理由之存在。不过孔子之所谓仁,断非形而上学的性质,故亦不能采用斯说。

此外古注以善行洋溢为仁,我国太田锦城亦采斯说。不过似此形式的解释,究有未当。盖仁之解释,以表明其内容为主故也。

上述诸说,各有缺陷,然则所谓仁者为何?兹先就其字义一为深究。

考仁之为字,由人与二构成,为二人相偶之义。《六书正讹》云:"元之为字,从二从人,仁之为字,从人从二。在天为元,在人为仁。元者一元之气,仁者众德之首,人之所以为万物之灵者在仁。"盖其字义,亦即包含社会生活上必要之德。

次之，仁由如何使用而来？此亦可由孔子以前之文字考之。周礼则以知、圣、义、忠、和与仁并称为六德，又《诗·郑风》称大叔段为"洵美且仁"，此以仁为行为善美之称，而非重视仁字之例。孔子之仁，则非如是之简单，彼盖视仁为最高之德目也。其故由孔子之不轻以仁许人，而亦不轻以仁自许知之。其曰："若圣与仁，则吾岂敢。"（《论语·述而篇》）又对于高弟颜回，仅许为三月之仁。观其言曰："回也，其心三月不违仁。"（《论语·雍也篇》）而况于他人乎。孔子之许仁者，仅有十余人：尧、舜、禹、汤、文、武、周公、微子、箕子、比干、伯夷、叔齐、管仲诸人是也。(译者按孔子于尧舜禹汤周公等称许其仁，不见《论语》)由此观之，孔子之仁，盖为最广泛而高尚之概念，彰彰明甚。

由余之所解，孔子之仁，盖有两义。一为广义之仁，而一为狭义之仁。广义之仁，为一切诸德之首，即统率诸德究极之理想，所谓统一的原理是也。狭义之仁，于广义之仁中心观念中而为一单一之德。

先观广义之仁。广义之仁，盖为伦理、政治、教育之究竟原理，而欲寻绎其真相，于一言之下表明之，殊非容易。但一探究孔子《论语》再三之所说，则寻得其概念之内容，并非不可能。《论语》孔子于樊迟问仁，而答之曰："爱人。"(《颜渊篇》)且由《论语》到处论仁观之，第一，则慈爱为其中心之要素，不能否定。慈爱，于邦语为イタミ、アハレム，为"恫瘝在抱"

之意。而此两者，均为广义之爱，自不待言。盖此应为吾人最深最奥性情之表现，换言之，即慈爱之观念，为仁之基本所在。由此点言之，则仁斋之说、最为中肯。仁斋于《论语字义》有云："仁者慈爱之德，远近内外充实通彻而无不至之谓。"即此义也。而孟子之恻隐，韩子之博爱，亦于此有密接之关系。又于《论语》下列诸例观之："刚毅、木讷，近仁"（《子路篇》），"巧言令色鲜矣仁"（《学而篇》），"己所不欲，勿施于人"（《颜渊篇》），"夫仁者，己欲立而立人，己欲达而达人"（《雍也篇》），忠恕观念之存在，至为明白。何则，刚毅木讷与巧言令色，总之不外一忠，不欲勿施与己立立人己达达人，总之不外一恕。盖忠者真心，恕者遣谋，总合解释之，为真诚同情于人而遣谋以爱之谓。曾子以夫子之道为忠恕者，盖以一贯之道为仁，非常难言，故比较的拈出忠恕二字以对。以忠恕为仁之一方面，又为其一手段而最近于仁故也。

次于《论语》，仁为长人安民之义。长人安民，即利泽生民之谓。例之"子曰：'如有王者，必世而后仁'"（《子路篇》），此言乱世生民涂炭，须俟三十年之劳来安集，而恩泽始遍于四海。又"子张问仁于孔子，孔子曰：'能行五者于天下，为仁矣'"（《阳货篇》）。此以推行恭、宽、信、敏、惠之五者于天下为仁。总之不外普施恩泽之谓。由此以观，则仁之观念中，其含有利泽生民之意无疑。世之体仁者，立于社会国家之上位时，而在其下者，皆直接间接而沐浴于深仁厚泽之中。物徂徕以仁为长人安民之德,其意亦不外是。孔子论管仲,非难其"器小",而称之曰"如其仁,如其仁"者,以管仲佐齐定霸。一时称治而万民得蒙小康之福故也。

又于《论语》,仁为制欲克己之义。例之孔子答颜渊问仁,"子曰:'克己复礼为仁。一日克己复礼,天下归仁焉'"(《颜渊篇》),又樊迟"问仁。曰:'仁者先难而后获,可谓仁矣'"(《雍也篇》)即此义也。而此所谓克己、先难者,总之不外一勇字。故在孔子仁字舍义中,勇气亦其中之一要素。孔子于仁,言克己而不及其他者,盖勇气以克己为最难,且为道德修养之必要故也。如王阳明之豪杰尚曰:"擒山中之贼易,擒心中之贼难。"此功夫之不易可知。抑克己者,即节制欲望,而要非完全断灭之谓。故孔子之克己说,非禁欲说,而当为伦理学上之制欲说。

此外尚包含有敦厚之观念及悦乐之意味。敦厚之例,如"君子笃于亲,则民与于仁;故旧不遗,则民不偷"(《泰伯篇》),又"子曰:'里仁为美。择不处仁,焉得知'"(《里仁篇》)其明证也。悦乐之例,如"知者不惑,仁者不忧"及"仁者寿"是也。

此外仁之观念之主要素,尚有种种,总之不外上述之慈爱、忠恕、利泽、勇气、敦厚、悦乐六者。固然,此等观念之主要素,非于仁中为一一存在。换言之,非集合此六种思想为仁。仁之概念,有上述之六种属性故也。六者之中,其根本近于仁者,仍以第一慈爱之义为多。此今日多数学者以慈爱为仁之所以也。

继此而论上举六者之关系。慈爱为仁之本源,忠恕与敦厚为其别系，利泽与悦乐为其效果，而勇气则可视为手段方便之门。

以上所谓广义之仁，即孔子之究竟理想，狭义之仁，即与智、勇相并而为单一之德，换言之，即与智、勇比论而有特性之别称也。

然则于此时机，仁之意味为何？此非如上所述，根本原理及至德之义。不过以知之德为智，意志之德为勇，而情之德为仁，连类及之而已。

其内容，为慈爱及体恤之意，与上述原理上仁之本义，大体相同。

最后关于孔子之仁尚当一言者，其所谓仁，实兼孟子之义而言之。故孟子以仁与义并称而言仁义，而孔子则不另言义，始终为一仁字而已。非言仁而无义之观念也，盖早包含义字于仁字领域之内。何则，由孔子，则真正之仁，有平等的一面，而若无差别的一面，则不足以发挥仁之本义。换言之，不有差别性之仁，则平等之仁，为反于人生之事实。由此观之，孔子于形式上肯定平等之仁，于实质上则否认之。先举肯定方面之例，如"汎爱众而亲仁"（《学而篇》），"己欲立而立人，己欲达而达人"（《雍也篇》），"四海之内，皆兄弟也"（《颜渊篇》），否定平等之例，如"仁者能好人，能恶人"（《里仁篇》），"以直报怨，以德报德"（《宪问篇》），此为肯定平等之仁，而限制其绝对之明证。盖无差别的平等之仁，不只为害家、紊社会、乱天下之基，而其实亦扞格难行故也。故由此点观之，则孔子之仁，与彼佛教之慈悲、基督之博爱、墨子之兼爱大异。然而孔子之仁，其差别的方面，以另一言词表之，所谓义之观念是也。盖无义则仁之差别不生。而差别之主要标准在亲疏。即视接近于己之程度如何而定。此思想至孟子而始呼之为义。"

要之广义之仁，不仅为孔子伦理说之根柢，实为通贯全学说之根本思想，亦可谓为孔子自身之究竟理想。而此仁于孔子为创见，亦实概括孔子思想之全部而所谓一贯之道是也。

**礼论** 《论语》为论仁而兼重礼之书。其证据，见于孔子之评管仲，一面许其仁，而他面则以其不知礼而小之。又叹礼之堕落破坏，而识弹季氏以天子之礼乐用之私家，曰："八佾舞于庭，是可忍也，孰不可忍也。"（《八佾篇》）更以社会秩序紊乱之原因，而归之于名分之不明，观其斥子贡去告朔饩羊，曰：

```
                    ┌ 君子之理想
              ┌ 广义 ┤ 教育道德之原理
              │     └ 政治之原理
          仁 ─┤           本义─慈爱
              │                    ┌ 忠恕─别系─
              │           慈爱中心要素 ┤ 敦厚
          狭义─单一之德─慈爱─广义之仁的特性
              │                    │ 悦乐─利泽─效果
              │                    └ 勇气─手段
                                 爱
                          ┌ 平等的 形式的 ┐仁
                          │              │
                          └ 差别的 实质的 ┘义
                                 仁
                              一贯之道
```

"赐也，尔爱其羊，我爱其礼。"(《八佾篇》)其为尊礼之见，盖毫无疑义。然以余观之，孔子殆视礼与仁有同等之价值，其理由，可于礼之本义体会而得之。

然则所谓礼者为何？由孔子言，则礼为制度仪式作法之谓，品节君臣、父子、夫妇、长幼、教育上之重要，益无疑义。

至其本质为何？与仁之关系又如何？由孔子之思维，则礼之本质，不外于仁。换言之，则仁之外面的表现，即名为礼，因而仁与礼为异名而同体。更别言之，一贯之道，内观之为仁，外观之则为体，其实一也。

依上述之解释，则欲到达于仁者，自不能不遵循于礼。盖仁为主观之道，而礼为其客观之道。体得此客观之道者，同时自能到达于仁，可断言也。"知礼则知仁"，即此之谓。孔子答颜渊问仁曰："克己复礼。"其理由亦不外是。

由斯观之，则礼之意义有二：一为原理、目的之方面，一为德及手段之方面。何则，如前之说明，以礼为仁，则为原理、目的之一面，行礼而达于仁，此则明示礼为单一之德及手段无疑，亦即仁义礼智连类而及之礼也。再例举之，此与前之言仁有原理、目的及手段、单一之德，两义相同。

孔子专以礼乐维持社会秩序，而视为治国平天下之要道。依此则孔子之政教主义，可称为礼治主义，而其为礼治主义之德治主义，自不待言。

然则孔子如何而用礼乎？由《论语》之所记推之，则殷之于夏，周之于殷，其间自有因革递嬗之迹。观其言曰："夏礼吾能言之，杞不足征也，殷礼吾能言之，宋不足征也，文献不足故也。足则吾能征之矣。"又曰："周监于二代，郁郁乎文哉，吾从周。"（《八佾篇》）盖周之礼，因夏殷之礼损益而大备。孔子之宪章文武，即宪章此周代之礼也。此与祖述尧舜之中，意义相同。明乎此而礼之价值如何，亦可知矣。

次再略述礼之变迁以终吾笔。礼有《周礼》《仪礼》《曲礼》三者，要之皆为外形的性质。何则，《周礼》之所规定者为制度，《仪礼》之所记述者为仪式、《曲礼》之所详明者为作法，皆形式方面之事。至于孔子，则以此三者为礼之内容，而更加以内面的润泽。此则受其独创思想仁之观念涵濡陶冶而成者也。

此思想至后则分为二方面：一为孟子之内面化，一为荀子之外面化、法律化、更进而为韩非、申、商之刑名化。再详言之，孟子以礼为内面化，连并仁义智信四者而为一单一之德。荀子则以礼为唯一至上之道德标准，其所谓礼，则带有过分严酷性而甚至流于苛细，以视孔子之礼，其缺乏内面性、润泽性，益为显然。迨至法家，则完全以礼为刑名法律方面之事。今之所谓礼，则兼此两面而言之也。

要之孔子之礼，一面为原理、目的，一面又为德及手段，包含制度、仪式、作法三事，而以维持社会之秩序为归。由此则所谓治国、平天下之道，不难举以赅之。

**中庸论** 与仁、礼相并而为《论语》之所重视者为《中庸》。

此于"《中庸》研究"之际,已为大体之说明,然而孔子之所谓中,与子思之所谓中,其间不无相异之点,而与仁、礼亦不无相当之关系。又在"《中庸》研究"之际,未详述其历史方面之考案,是以再就此点而一申其议论。

《论语》中,关于"中庸"散见之句,有如下述:"子曰:'中庸之为德,其至矣乎!民鲜久矣!'"(《雍也篇》)"子贡问师与商也孰贤?子曰:'师也过,商也不及。'曰:'然则师愈与?'曰:'过犹不及。'"(《先进篇》)又"子曰:'不得中行而与之,必也狂狷乎!狂者进取,狷者有所不为也。'"(《子路篇》)此外孔子之言见于《中庸》一书者,又如下述:"仲尼曰:'君子中庸,小人反中庸。君子之中庸也,君子而时中,小人之中庸也,小人而无忌惮也。'"(《朱子章句》之二)"子曰道之不行也,我知之矣,知者过之,愚者不及也。道之不明也,我知之矣,贤者过之,不肖者不及也。"(《朱子章句》之四)又"子曰:'天下国家可均也,爵禄可辞也,白刃可蹈也,中庸不可能也。'"(《朱子章句》之九)凡皆以明中庸之性质,及人之体中庸以明道,而孔子之特别重视中庸,益无疑义。

然则孔子重视中庸,其思想之由来如何?此由前文所述,孔子继承尧舜以来儒教中心思想之中的观念,鞭辟近里而内面化。《中庸》一书所谓祖述尧舜,要之即继承此中之思想,无他道也。

然则孔子以前之中又如何?此不可以不知,以下再稍申其议论。

历考中国哲学史,关于中之思想最早见者,为上古。迨至三代,已成为最善之道德、政治之标准。此于尧、舜、禹、皋陶诸人之言,可以证明之。其名贵之言见于"《中庸》研究"者,有如下述:尧之让舜,"尧曰:'咨!尔舜!天之历数在尔躬。允执其中。四海困穷,天禄永终。'"(《尧曰篇》)又舜授位于禹,曰:"人心惟危,道心惟微,惟精惟一,允执厥中。"(《伪古文尚书》)由此观之,当时之中为政教上最高最善之标准,可以想见。

次之由夔典乐、教胄子以四德(直而温,宽而栗,刚而无虐,简而无傲),及皋陶之九德(宽而栗,柔而立,愿而恭,乱而敬,扰而毅,直而温,简而廉,刚而塞,强而义)等语观之,则亦以中之观念为本。盖此四德、九德,皆避其偏于一方,而求合于适当之程度也。

又禹于天锡《洪范》,区为九类,所谓"洪范九畴"是也。而于其中特立皇极之目,曰:"皇建其有极。"定为王者之大道,所谓"无偏无党,王道荡荡,无党无偏,王道平平,无反无侧,王道正直"是也。此亦公平无私求得其中之意。

至此则中之一字,在中国古代思想中,为根本重要的观念,益益明了。盖此为汉族特性之表现也。

试再一考中之意义,当时之所谓中者,非如子思所言本体的观念,及宋儒所言形而上学的性质。其为极常识的性质,犹言"中程"之义。再浅言之,如俗语所称"适宜""恰好"之谓。此亦可见避极端的国民性而为实践的表征也。再由道德政治之实际言之,即凡事适于时宜而无过不及之谓。如此观念之中,其非固定的执一之中及数学的性质,自不待论。此等解释,即征之原始文明之自身,亦自信为无误。

然则立足于此等思想传统孔子之中庸为如何?固然,此于三代之"中",大体无异,而亦非全同,即承三代之中而深刻化、内面化。是故其第一意义,为无过不及,不偏不倚,此观念为孔子以前思想之继承。第二为经久不易,此思想非三代伦理之"中"具体的表现,而为孔子之补缀思想。而前者为中庸观念中主要的"中"之内容,后者为辅助的"庸"之质素。二者相合,用以构成中庸之根本观念。此外更有第三之意义,亦即为形式的原理。形式的原理,非固定的、具体的法则之谓。盖如《中庸》所言"君子时中",此则非一成不变之法式,依事物而异其形状者也。而此毕竟不外中而庸的本义。故由此点,则成为悠久普遍的性质,即其成为形式的原理之所以也。

以上之义,为《论语》中之中庸本旨,依此可得中庸之意义如下:(一)不偏不倚,无过不及;(二)因事物而适时宜;(三)历常久而不易;(四)为形式的原理。

孔子之中庸,有如上述之概念,而此则属于原理方面,非散见单一之德。拟之至德,庶几近之。此之至德,即所谓德之本体是也。

由是言之，中庸者，谓为仁及一贯之道，最为相近之概念。以是中庸与仁，及一贯之道，其中关系之点，实有阐明之必要。

如前所述，一贯之道，总之为仁。然而仁乃一贯之道本质的命名，至其外面的表章，不外于礼，所以中庸，亦得谓为形式的原理。而原理不当有二，则中庸应与一贯之道实在同体，当无异论。所异者，一贯之道，为其全体，而中庸则其形式的名称而已。何则，中庸为形式的原理故也。由此则中庸与仁之关系，当可明了。即仁为一贯之道本质的概念，则中庸自当为仁之形式无疑。又礼为仁之外面的表章，则中庸自当为礼之规矩无疑。因而若仁、若礼、若中庸，毕竟非个别之物，勿宁谓为一贯之道同体而异名为宜。只以概念构成之基点有异，因而始有种种之区别耳。在此根本思想之条件下，而仁为一贯之道本质的命名，礼为仁之外面的表章，中庸为一贯之道所形成的仁之形式与礼之规矩，盖彰彰也。

由以上之关系观之，孔子最重视仁，而更重视礼及中庸，其理由至为显然。

要之，由《论语》伦理说之原理论观之，仁为其目的理想，礼与中庸，亦因之而同具目的理想之性质。进而言之，《论语》以循礼而合于中庸者为仁，以到达道德目的为其行为之手段。例之孔子答颜渊问仁，曰："克己复礼为仁。"请问其目，则答之曰："非礼勿视，非礼勿听，非礼勿言，非礼勿动。"（《颜渊篇》）又曰："恭而无礼则劳，慎而无礼则葸，勇而无礼则乱，直而无礼则绞,君子笃于亲,则民兴于仁。"(《泰伯篇》)此例之属于前者。又如"子曰:'中庸之为德,其至矣乎!民鲜久矣!'"(《雍也篇》)盖亦暗示到达目的中庸之难。但孔子于《论语》言中庸、言礼者不鲜,而致礼与致中庸,皆所以完成其仁,此当为《论语》读者一致之肯定,而本节收载原理论之所以也。

## 二、实践道德论

通贯伦理、政治、教育思想者,为一贯之道。一贯之道不外于仁,已如上述。然则实现其仁之方法如何?此实践道德论所由继之而起也。

今于《论语》搜集关于实践道德之事项,则为(一)实践上具体标帜之君子论;(二)为博文约礼之修为论;(三)为立爱立敬,实践初步之孝悌论。

**君子论** 君子论者,即论定道德实践理想的人格。由孔子之所见,则伦理道德之最高理想在仁及仁者。仁为伦理最高理想之抽象的原理,仁者则为实现此仁最高理想的人格。凡常人之所不能一朝一夕而得者,由此稍稍示以卑近实践之标的,极为必要。为是之故,而此所谓之君子,遂为常人可得企及之理想人格,自不待言。

是故孔子道德之第一目的,即此所谓之君子,而为到达仁及仁者两种境域之阶梯。虽然此之君子,既为一理想的概念,则非常人之所易企及，亦至显然。

再一审视君子之内容，就字义言，君即君主之君而为一至高之尊称，子则等于孔子孟子之称子而为男子之美称。于此含义有三：第一为成德之谓，第二为治者即在位者之谓，第三为用于对语时而为一普通之尊称。例之《论语》"人不知而不愠，不亦君子乎！""君子食无求饱，居无求安……可谓好学也已。"（《学而篇》）此君子为第一之例。"君子之德风，小人之德草，草尚之风，必偃。"（《颜渊篇》）此君子为第二之例。颍考叔曰："小人有母，皆尝小人之食矣，而未尝君子之羹。"此君子即对小人而为一普通之尊称，为第三例。此外妻呼其夫亦有用之者，总之用为第一第二之意义为多。

然则孔子实践上理想人格之君子为如何？不待言此为第一成德之称。而此所谓之君子，非通一艺一能之谓，换言之，非谓知慧技能之卓越，乃积人格之修养，而为品格完成之总称。成德者之德，乃德育而兼含有美育之意义。固然，此非放弃知能而不顾，特不视为第一义而已。孔子曾曰："君子不器。"（《公冶篇》）此君子即全知全能，非限于一技之长已也。

又《论语》所谓之君子，兼有下列二义：第一道德的修养完成，第二美的趣味高尚，而且为长于常识者。

重道德的修练者，征之下列诸例而益明。即"子贡问君子。子曰：'先行其言而后从之。'"（《为政篇》）此为斥空言而重实行者。又曰："君子喻于义，小人喻于利。"（《里仁篇》）此为轻利而重义者。又曰:"君子无所争,必也射乎!揖让而升,下而饮,其争也君子。"(《八佾篇》)此为卑以自牧谦尊而光之君子。又曰:"君子坦荡荡,小人长戚戚。"(《述而篇》)此为心广体胖不愧不怍之君子。

次之素具美的修养者,则于下列诸语表明之。所谓"质胜文则野,文胜质则史,文质彬彬,然后君子"是也。

此外再就人格修养之完成无缺者,各举数例以示梗概。其示行为之悉合中庸者,则如"君子之周而不比"(《为政篇》)"泰而不骄,和而不同"(《子路篇》)以及"矜而不争,群而不党"(《卫灵篇》)诸例。其示修省之不敢稍弛、毫无遗憾者,则如君子之有九思:视思明,听思聪,色思温,貌思恭,言思忠,事思敬,疑思问,忿思难,见得思义。又有三畏:畏天命,畏大人,畏圣人之言,及三戒之在色、在斗、在得等事(皆见《季氏篇》)。其示道德完成,人己兼善者,则如君子之道三:仁者不忧、知者不惑、勇者不惧(《宪问篇》),又君子义以为质,礼以行之,逊以出之,信以成之(《卫灵篇》),又君子修己以敬,……修己以安人……修己以安百姓(《宪问篇》)。余事尚多,不遑枚举。毕竟此之君子,其于仁也,完成与否,虽不可知,总之可为知情意圆满发达,文质彬彬之君子,若而人者,其为常人实践道德上之理想,又何疑乎?

**修为篇** 达仁之道如何?曰:在修为。修为即人格之修养。孔子示修为之方法而凭藉其素日习用博文约礼之教法。博文约礼，即原语"博学于文""约之以礼"之省词。博文，不外旁搜博览而使知识之淹贯，约礼则将所学者纳之于一定矩矱之礼。盖博极知识，诚为必要，然徒博而无以约之，则有流于泛滥杂学之惧。反之则徒重礼乐而轻文学，则又偏于形式而扞格杂行。此二者之所以相需为用而不可偏废也。

**所当注意者** 此处之博文，非朱注格物致知所谓"即物穷理"，若今之物理化学知识之义，乃专指关于礼乐道德上实践之知识而言，所谓诵诗读书是也。又约礼者，与答颜渊问仁所谓"克己复礼"之复礼同义。"非礼勿视，非礼勿听，非礼勿言，非礼勿动"云者，此示颜渊以克己复礼之作法，亦即此处约礼之谓。再申言之，约礼，即以礼而律我之身也。

要之《论语》之修为论，为博文约礼，即实践其雅言（诗书执礼）之谓。孔子命其子伯鱼以学《诗》学《礼》，而曰："不学诗，无以言，不学礼，无以立。"即谓此也。

孔子之所谓礼，包涵乐字而言，故详言之，当为礼乐。其学诗书，主要为道德知识之启发。其习礼乐，则以启发之道德知识而使达于心情陶冶之目的。斯即中国古来流传之思想，礼为道德生活形式的规矩，乐则调和人生，而使达于高尚优雅之境域。故乐之为道，实于学者复礼之功，予以莫大之助力。此由今日教育思想言之，亦实为至当不易之论。

如是，由诗书而得磨厉其道德的常识，由礼乐而得练习其制度、仪式与作法，更进而陶冶心情，日进于仁，此进德先后之序也。

再就孔子自身观之，直可谓由博文约礼而达于圣人之域者。试观孔子以生知之圣，十五而志于学，由此温故知新，笃于学而复于礼，至于三十而立，四十不惑，五十知命，六十耳顺，七十从心所欲不踰距之圣境。至其如何励学，则于其"不如丘之好学"之言而知之。如何守礼，则于下列诸例而得窥见其大凡。

"子食于有丧者之侧，未尝饱也，子于是日哭，则不歌。"（《述而篇》）此礼之见于用情间者。

"子见齐衰者、冕衣裳者与瞽者，见之虽少必作，过之，必趋。"（《子罕篇》）此礼之见于接物间者。

"朝与下大夫言，侃侃如也，与上大夫言，訚訚如也，君在，踧踖如也，与与如也。"（《乡党篇》）此礼之见于立朝间者。

"执圭，鞠躬如也，如不胜。上如揖，下如授。勃如战色，足缩缩，如有循。"（同上篇）此礼之见于奉使间者。

"享礼，有容色，私觌，愉愉如也。"（同上篇），此礼之见于奉使间者。

"食不厌精，脍不厌细。食饐而餲，鱼馁而肉败，不食。色恶，不食。臭恶，不食。失饪，不食。不时，不食。割不正，不食。不得其酱，不食。肉虽多，不使胜食气。唯酒无量，不及乱。沽酒市脯不食。不撤姜食。不多食。祭于公，不宿肉。祭肉不出三日。出三日，不食之矣。食不语，寝不言。虽疏食菜羹，瓜祭，必齐如也。"（同上篇），此礼之见于饮食间者。

"席不正，不坐。"（同上篇）此礼之见于起居间者。

**孝悌论** 属于道德之实践而为孔子最先提倡之德，曰惟孝悌。《论语》："子曰：'弟子入则孝，出则弟。'"（《学而篇》）又《孝经》曰："夫孝，天之经也，地之义也，民之行也，天地之经而民是则之。"（《三才章》）又曰："人之行莫大于孝。"（《圣治章》）又曰："夫孝德之本也，教之所由生也。"（《开宗明义章》）又曰："五刑之属三千，而罪莫大于不孝。"（《五刑章》）总核《孝经》全部，无非孔子之言，而《论语》贯澈诸经，其于孝悌，比之其他德目而特被重视，自无待论。

然则孝悌特被重视之理由如何？此盖由孔子之道德主义而来。其理由：（一）孔子之主义，为先实践而后学理，自然多为关于实践方面议论。（二）实践主义——实行主义，必以先己后人由近及远为原则，则孝悌自为初步入德之阶，而不得视为缓图。盖家庭道德，为实践之始基，而孝悌二德之所以被重视者，其理由概不外是。

由孔子之所见，则道德之第一步，即为修己。而曩述之博文约礼，于此益为必要。然而道德之要，不仅修己淑身而已，更有推之社会国家之必要。换言之，道德之目的，始于修己，次之治国平天下而止于至善。是故国家天下之本，存于家庭，有天下国家之责者，敬欲举治平之实，次修己而完家庭之道德，实为当然。此孝悌之德，视为一切道德之本，固有其由来也。

但所谓德之本者,为诸德之根本的德,此非"至德"之谓,乃实践之基础,即浅语出发点之义。有子以孝悌为仁之本(见《学而篇》),即此义也。

由斯言之,孝悌确为百行之本,然则其本义如何?此为急待阐明之问题。由孔子之所见,则一言孝而即为善事父母,一言悌而即为善事兄长之谓。盖以诚心诚意而顺应于父母兄弟之间者也。

就孔子而深究孝之内容,至少有下列要义之存在。(一)服从;(二)养志;(三)几谏;(四)丧祭是也。服从者,顺应父母心志命令之谓。"孟懿子问孝。子曰:'无违。'"(《为政篇》)此教服从也。养志者,省事父母之志而先意承欢之谓。盖养体诚为必要,而养志则尤有重大之理由存也。"子游问孝。子曰:今之孝者,是谓能养。至于犬马,皆能有养,不敬,何以别乎?"(《为政篇》)此别养志于养犬马——养体为言者也。又曰:"父在观其志,父没观其行,三年无改于父之道。"意亦同之。几谏者,下气、怡色、柔声以回父母之非也。"子曰:'事父母几谏。见志不从,又敬不违,劳而不怨。'"(《里仁篇》)即此义也。盖父母而即陷于过行,其时为之子者,欲有以挽回之,乃不惜为方命之行,虽于服从之道有乖,而观其下气、怡色、柔声之作法,是亦可谓极养志之能事矣。丧祭者,人子值父母之死,丧葬尽礼,祭则所以伸其报本追远之情也。昔者宰我以三年之丧,延时废事,乃以一年之期为请,孔子责之曰:

"予（宰我名）之不仁也！子生三年，然后免于父母之怀。夫三年之丧，天下之通丧也。"（《阳货篇》）此所以明丧服之节，《中庸》云："事死如事生，事亡如事存。"此所以明祭祖之义。但三年之丧，为期过久，扞格难行，况在人事繁难之今日，又谁有余力专一从事于此，而宰我之一年说，与墨子之薄葬说，实有予人考量之价值。

此外孔子言孝，于游则曰"有方"，于承欢则曰"色难"，要之皆期能得父母之欢心，而属于养志之一面，孝之要义，尽于是矣。

所当注意者，即孔子孝悌之道德——家庭道德，颇略义而重仁，仁者笃于情者也。昔楚大夫叶公语孔子曰："吾尝有直躬者，其父攘羊而子证之。"孔子答之曰："吾尝之直者异是，父为子隐，子为父隐，直在其中。"（《子路篇》）叶公之直，则为义的一面，而孔子之答，则以家庭为情的范围而充分发挥者也。虽然亦非完全直义不顾，观其别父于母而称之曰"严父"，其为崇义之旨，彰彰明甚。次之忠孝二者，何重何轻，孔子虽未明言，而其可推断为孝者，有如曾子之论孝曰："事君不忠，非孝也。"（《孝经》）此为充分发挥孝悌论之曾子思想，而非孔子其人之思想。如孟子则亦先孝而后忠，观其先悦亲于获上，此即绍述孔子之言也。（见《孟子》及《中庸·哀公问政章》）

承述孝悌论而更期进展者，为其门人曾子。而其称为曾子之言者，则于《论语》《孟子》《大戴礼》《礼记》《荀子》《庄子》《韩非子》各记载知之。但其中假托伪作不少，不能一一置信。

曾子论孝之要点，于《大戴礼》曾子十篇中（一）《曾子本孝》；（二）《曾子立孝》；（三）《曾子大孝》；（四）《曾子事父母》四篇，可以知之。但其内容，与前记孔子之论，为大同而小异，不再特为论述。所异者，即曾子论孝，区别为（一）王、公、卿大夫、士、庶人诸等；（二）以孝为一切之德所从出；（三）以孝为带有形而上学的意义是也。

最后就孔子实践道德思想之全体约言之。其究竟目的为仁及仁人，而常人质非上智，颇不易为。于是乃另拟一实践道德之理想的人格，即特标"君子"，以博文约礼为手段，以期到达理想之境域。而其实践之第一步，即以躬行孝悌为入德之门。此孔子实践道德思想之大凡也。

### 三、义务及德论

关于孔子义务及德之言论，比于上述诸项，为极少而又极简单。虽然，孔子集儒学之大成者，对于后世思想，无不有几许之萌芽。就中如义务论、德论，发于孔子者亦至不少。于兹为比较的详细的考察。

**义务论** 此义务论，即伦理学上所谓本务论。中国思想史上通常称为五伦说。本务论，今日伦理上有种种分类，如对个人及家族、社会、国家、人类一般通行之方法，皆由中国古代君臣、父子、夫妇、兄弟、朋友五等分类之形式而来。而此思想，本发源于三代之伦理，至孔子始渐确立君臣父子间之义务形式。此可由孔子答齐景公之问政知之。昔者"齐景公问政于孔子。孔子对曰：君君，臣臣，父父，子子。"此将人伦视为君臣、父子相对之二形式。

然则孔子以前之思想如何？考之《舜典》，有五典、五教之词。即"慎徽五典，五典克从""百姓不亲，五品不逊，汝作司徒，敬敷五教"是也。虽然，五典为何？五教为何？该书亦未明言，于是而有种种纷歧之注释，而《左传》父义、母慈、兄友、弟悌、子孝五者为近是。是则此时代之本务，多为家庭的性质，尚未形成社会国家的形式。而孔子君君臣臣之说，比之初期五伦说为更进一步。盖孔子以前，社会生活之组织体形，尚未确立，因而此等方面之义务关系，尚属茫然。至孔子时代，社会演进之情形，已非昔比，则学说之更新转变，亦事实之所必至也。

所谓君君、臣臣、父父、子子者，不外君守其君之道——仁，臣守其臣之道——义，父守其父之道——慈，子守其子之道——孝是也。何则，君不行其仁，则臣不尽其本分之义，父不行其慈，则子不尽其本分之孝，于时成为无道无教无政之状，其妨碍及社会国家之治安，宁堪设想。

此本务观，至子思则为君臣、父子、夫妇、昆弟、朋友之五者，孟子则又为"父子有亲，君臣有义，夫妇有别，长幼有序，朋友有信"等说。至此则五伦之名称，于是确立而成为五伦说。

世之所谓五伦，五常者，并此五伦与仁义礼智信之五常言之也。

**德论** 孔子之德论，可由广狭二面观察之。广义之德论，即孔子德论之全部，而为仁、中庸、孝悌、五常、三德各论之总称也。何则，孝悌、五常、三德三者，未及详论。中庸与仁，依前所述，而为一德自无疑。虽然，如前再三之论述，为原理，为道，则此似无再论之必要。因而专以五常，三德，为本论之发端。

在中国则五常说始于三代，经孟子至汉董仲舒而完成之，为仁义礼智信之五德，犹之五伦说始于尧舜，经孔子、子思，至孟子而完成之，为父子之亲，君臣之义，夫妇之别，长幼之序，朋友之信，所谓之五教是也。

先观孔子以前之思想。五常之发端，始见于《尚书·秦誓》"狎侮五常，怠荒弗敬"之语。而其内容如何，则未明言。又古为五品、五德、五教之说者，亦不详其内容。因而其注释亦有多种。吾国之学者，于五伦五常之起源，亦犹曩之五伦一条之所示，而为"父义、母慈、兄友、弟悌、子孝"之五者。究竟如何，尚无明确之断定。盖当时人伦之关系，限于家庭而止，因而视为常德，藉此可以完足人伦之关系，此不难推察而知之也。

然则孔子之说如何？要之不外仁之一字。其时社会组织，日形复杂，以前所谓常道、常德，毕竟有欠圆满，故以带有广泛意味之仁字，而代古之五常说。因而孔子之仁，含义较广，而有充分发展之可能。此读《论语》全卷，就仁之性质一为考察而可知也。第一，狭义之仁即慈爱。此为广义的仁之中心观念，无俟多言。第二，为义。此为仁之差别的原理，显然包含于孔子仁字范围以内。盖孔子非如墨子主张平等爱之一方面故也。观其对或人"以德报怨"之问，而曰："何以报德？以直报怨，以德报德"等语，足以明证此旨而有余。第三，为礼之基础——敬、恭、谦、让各种观念之存在，而于恭敬，时时道及，其明证也。何则，仁者知礼，而礼之本，尽于恭敬二德故也。故仁之中，实即含有内面的礼，即礼之德（礼之外形非德）。第四为信。信者，忠于朋友之谓，《论语》之所习见也。观其答樊迟问仁而曰："居处恭，执事敬，与人忠。"又答子张问仁而曰"恭、宽、信、敏、惠"五者，则以信为仁之内容之一，显然可见。至于知与仁之关系如何，则未尝道及。不但此也，其意恐过重知，或反为仁之修养所不取。虽然，此特指一般诡知私知而言，而非所谓真知也。孔子非否定知，更进而以知为求仁之先务。此于修为方法而举博文约礼，其明证也。要之，孔子之所排斥者，为与仁无缘之知。故于五常之中，特加知之一德，信非偶然。而况行仁则知之德又为必要乎。

总之在孔子仁字范围以内，含有多量之德的要素。至曾子则配仁以义，孟子则进而为仁义礼智之四德，董仲舒则更进而为仁义礼智信之五德，而五常说至是始得确立。

在上述五常说外，尚有孔子所述之三德目，一般所称三德是也。关于三德之思想，远在孔子以前。《尚书·洪范》所谓（一）正直；（二）刚克；（三）柔克是也。而后世之所谓三德，则与此异。依孔子、子思所唱导之三德，则为智、仁、勇之三者。当于国语智、仁、武之意，何则，勇与武意义相同故也。

孔子之三德，见于《论语》者如下："子曰：'君子道者三，我无能焉：仁者不忧，知者不惑，勇者不惧。'"（《宪问篇》）此即一般所称仁、智、勇之三德。而《中庸》则以此三者为通行之达德。达之为言，无古今无东西而皆同也。

此之德者，较之五伦五常说，特别发达，而有心理的基础之观。故后世学者，以之配知、情、意之三分说。知以配智，情以配仁，意以配勇。毕竟此说是否为孔子本意，不得而知。我国儒者，则以此配三种之神器，神镜为智，神灵为仁，神剑为勇是也。

# 第四章 政治思想

《论语》中坚之孔子政治说,乃其伦理说之社会应用的方面,所以论究儒教修己治人之治人要道者也。又伦理说之修己,若为普通应践之道,则治人之政治说,当为论究在上之道。盖孔子之理想为仁,其教学之主旨在为仁者,要之为完成人格之谓。人格完成,自个人观之,不外修身(个人的完成),自社会观之,不外治人,即社会的完成也。故由孔子之主张,则道德与政治不能分离,道德为道之个人的完成,而政治则与社会的完成也。何则,既为仁者,完成自我,同时而有完成他人之社会方面的义务。孔子欲实现其自身之理想于天下,十有余年,遍历诸国,其故亦不外此。

**目的** 孔子政治上之理想,在治国平天下。所谓治国平天下者,即以"老者安之,朋友信之,少者怀之"之志愿,而使民及万物各得其所各遂其生也。诚然此思想非孔子所独创,还为尧舜三代以来之传统。彼之《大学》,不外继承此思想更使发展光大而已。

今试一观三代之政治思想,此时期中伦理政治之要,在六府、三事。六府,为修明水、火、金、木、土、穀。三事,为正德、利用、厚生。即《书·大禹谟》所谓"德惟善政,政在养民。水、火、金、木、土、穀惟修,正德、利用、厚生惟和"是也。由此观之,此时代之政教目的,为道德功利相互结合之雏形。而为政之目的在养民,养民在利用厚生,利用厚生、乃修德之诚中而形外,惟己以及人。其意义本自贯澈。

要之道德包含政治,政治在安民长人(利用、厚生),还为三代以来之思想,亦即孔子政治思想之渊泉。

然而于此有截然区别之一事,即孔子老安少怀之政治,显然为道德的,而与三代利用厚生之政治,大不相同。盖在三代,道德与功利,儿有同等之意义与价值,功利一面,颇为重视。而孔子反之,道德之本身,推之即为政治之归宿也。详言之,在三代,则德即政治上利用厚生实际之干才。而孔子则以行道为目的,利用厚生,不过为政治上附属的产物,而非其根本的目的。由此点,则孔子与其以前三代政治之主张,则有大异。此于孔子之言论观之,至为显然。《论语》:"子罕言利与命与仁。"(《子罕篇》)又对子贡问政而举足食、足兵、民信之三者,更对"不得已而去"之问,而言"去兵""去食",最后又申言"自古皆有死,民无信不立",其明证也。(《颜渊篇》)

由是可知孔子之政治目的为道德。然则孔子何故重视德治乃尔乎？其理由：（一）彼殆自认道德有无上之尊敬；（二）为挽救其时利用厚生、富国强兵之功利思潮，因而大声疾呼，主张德治至上主义。虽然孔子亦非绝对排斥功利，不过视为次要的意义而已。其故于彼策卫所举富教两事观之，至为必然。（方法论参照）

如右所述，孔子政治思想，在治国平天下，其内容在至高无上的道之实现。而道，即一贯之道所谓仁是也。因而依孔子之所见，则个人或国家，皆为实现道之一机遇。彼之"邦有道则仕，邦无道则可卷而怀之"（《卫灵篇》）。"邦有道，贫且贱焉，耻也；邦无道，富且贵焉，耻也。"（《泰伯篇》）皆以示道之至上尊严。但此决非独善主义及清净一身个人主义之所为。盖出而问世，不能行其业守之道，徒然形神焦劳，冒渎尊严，反不如退而护道全身，开示来学，对于至上之道，独得谓为维护功臣也。孔子周流列国，栖栖皇皇，欲行其道。及见道之不行，则又设教授徒，传道来兹，皆为此也。

**方法** 所谓行道，除拳拳服膺于道无他求。此孔子政治主义所以重德治而轻法治也。由此点言，《论语》之政治思想，即德治主义。观孔子论政而曰："为政以德，譬如北辰，居其所，而众星共之。"（《为政篇》）此无疑有表明其为一种德治主义也。又孔子比较德治主绵与法治主义，有如次之议论。曰："道之以政，齐之以刑，民免而无耻；道之以德，齐之以礼，有耻且格。"(《为政篇》)此见以德治国,为真正言治者不能否定之论。盖由孔子之政治观,则政之为义,即以正率下之谓,以正率下,而民自无不正之理。此即对季康子问政,所谓"政者,正也,子帅以正,孰敢不正"(《颜渊篇》)之微意也。

孔子之政治观为正己,其主义为德治主义,而其要道,亦自不外治者与被治者之各正其身而已。此孔子论政,特申务本、教化两义之理由也。务本,即为政者知所先务而修其身守其正。教化,即使民率教而向礼义也。今再申述于下。

先就务本主义论之,凡治人者,正其在己之身为必要。盖己不正,则正人犹不可,遑论国与天下。此与《大学》欲明明德于天下而归本于修身同意。所以孔子论政,郑重而倡正身之论。观其言曰:"其身正,不令而行,其身不正,虽令不从!"(《子路篇》)又曰:"苟正其身矣,于从政乎何有?不能正其身,如正人何?"(同上篇)凡皆以见务本之为必要也。又孔子尝崇拜往古政治之典型而赞许大舜无为之治。曰:"无为而治者,其舜也欤!夫何为哉?恭己正南面而已矣。"(《卫灵篇》)此则赞许舜之务本而收治平之效也。又曰:"舜禹之有天下也,而不与焉。"(《泰伯篇》)意亦同之。

此务本主义之政治思想,孔子受之三代而传于后世。故此思想,胚胎于孔子以前,更由其弟子相传而大成之,其中《大学》之组织,尤为完好。

次述教化,孔子以此与修己相俟,而于治平之道,所关尤大。观其言曰："以不教民战,是谓弃之。"(《子路篇》)又:"善人教民七年,亦可以即戎矣。"(同上篇)此教化之见于军事者。又"子适卫,冉有仆,子曰:'庶矣哉!'冉有曰:'既庶矣,又何加焉?'曰:'富之。'曰:'既富矣,又何加焉?'曰:'教之。'"(同上篇)由此可见教化为政治最后之归宿。其故一则示为政者以如何务本,一则示以如何教民而纳之于道。盖不勉为德化,而欲期完全之治理,毕竟为不可能。

然则政治当以如何要道为先乎?孔子于此则以富、强、信三者答之。富即足食,而强即足兵,又信即民知礼义之谓也。《论语》"子贡问政,子曰:'足食,足兵,民信之矣'"是也。其故"仓廪实而后知礼义"实往哲之明言。民而生活未遂,一切政教,举属空谈。盖无恒产斯无恒心也。又兵力未充,则无以保一国之秩序,维持其尊严,遑言布政施教。而民信未得,则本实先拨,枝叶之害随之。三者固无一可缺者也。但孔子于此三者,不特别重视兵,此于不得已之情态下而知其轻重取舍之所在也。何则,由孔子之所见,则君人之道即王道,而与富国强兵之霸道异。盖德化大行,尔无我诈,我无尔虞,兵于何用?是故孔子非以兵为不必要,盖无用兵之地也。观其对子贡"必不得已而去,于斯三者何先?"之问,而直言"去兵",此乃德治主义必然之结论。

孔子于三要件中所尤重者惟信。何则,纵使家有蓄积,人尽知兵,苟民而无信,或不信其在上之时,则即丧失其所以立国之条件而难以幸存。此孔子答子贡"必不得已而去,于斯二者何先?"之问,而言"去食",并重申"民无信不立"之所以也。是故孔子论政,最重得信于民。例之"叶公问政,子曰:'近者说,远者来。'"(《子路篇》)"子张问政,子曰:'居之无倦,行之以忠。'"(《颜渊篇》)又"子路问政,子曰:'先之,劳之。'"(《子路篇》)皆此意也。彼盖以为人上者,诚能禁奢靡而轻租税,使役以时,休养民力以昭大信,如是而民犹有不服其上趋承恐后者,无是理也。此即孔子治国之要道。

最后孔子政治说之一特色,即其关于礼治主义之思想。亦即治平诉诸礼乐之思想。而此思想,在孔子政治说中,并非特异。何则,孔子之道,依博文约礼而实现。其在政治,为同一目的之仁,则其重视礼乐,自属当然之结论。是故孔子政治上礼治主义之根据,即在于此。因而孔子言政,特努力于正名分。正名分者,正其名而定其分也。此在礼治上最为重要。彼与其再传之徒孟子相反。具尊王之思想,富大义名分之观念,而要皆自礼治主义而来。孔子关于名分之思想,由次之记载知之:

"子路曰:'卫君待子而为政,子将奚先?'子曰:'必也正名乎!'子路曰:'有是哉,子之迂也!奚其正?'子曰:'野哉由也!君子于其所不知,盖阙如也。名不正,则言不顺;言不顺,则事不成;事不成,则礼乐不兴;礼乐不兴,则刑罚不中;刑罚不中,则民无所措手足。故君子名之必可言也,言之必可行也。君子于其言,无所苟而已矣。'"(《子路篇》)

区区一名称耳，一失其正，而其影响于礼乐刑政之大者如是，孔子又焉得而不斤斤计较于此也。

是故礼治主义，为德治主义必然采用之手段。而其与法治刑名主义之歧异，亦即在此。其理由可由上述知之。但此并非置法治刑名于不问也。观下述服部博士之论，可知梗概。

（参考）服部宇之吉氏《孔子刑罚论》

（上略）后人以尧舜专以文教同化异族，不用兵刑，岂知分北三苗，书有明文，所谓分北，岂专恃文化之谓耶？虽在尧舜，其非不用兵刑明矣。老子以虚静无为为本，宜乎不言兵刑，然而老子之书，言兵刑者屡屡。盖不得已而用之，此政治济变之道也。老子犹然，况尧舜乎！《论语》孔子论政所谓"道之以政，齐之以刑，民免而无耻"者，此非专任兵刑，亦非不用兵刑也。圣人之道，政教相依，教化明而政成，政修而教化明，二者相为终始。如曰尚德则天下化，完全不需乎其他，此乃俗儒之见，圣人岂迂疏乃尔乎？（《东洋伦理纲要》六七页）

然则孔子遵用何等之礼乐乎？此当然为周之礼乐，与前伦理思想之所述同。何则，周之礼，监于二代，郁郁有文故也。虽然孔子亦非专守一王之法已也。一朝之制度文物，皆随时代以为设施。果有扞格难行者。自不能无参酌损益于其间。孔子论为邦而曰："行夏之时，乘殷之辂，服周之冕，乐则韶舞。"兼综四代，权衡百王，此岂拘拘于一王之法者所得而同乎。

此外孔子政治思想，尚有关于人才登用之一事，斯即举贤才而使各供厥职之也。《论语》："仲弓为季氏宰，问政。子曰：'先有司，赦小过，举贤才。'"意即谓此。而其方法，则自"举而所知"始。观其答仲弓"焉知贤才而举"之问，而曰："举尔所知，尔所不知，人其舍诸。"其明证也。尔知尔举，人知人举，野无遗贤，国无废事。政治要道，尽于此矣。(《子路篇》)

# 第五章 教育思想

由《论语》之所示推之,孔子实为理想教育者,以孔子为生成之道德家故也。彼既具有理想教育者之资质,益以学问、识见及教育技能,毕竟有为他人不能追踪之处。是故孔子一生,谓其以学者而兼经世、道德、教育诸家,均无不可。而其性格之圆满,尤有翘然特出之处。子贡评孔子以"温、良、恭、俭、让"之五者可为孔子人格之写照也。

孔子教育之思想,可别为(一)目的论;(二)方法论;(三)教科论而依次述之。

**目的论** 散见于论语之孔子教育思想,固不能作系统的教育学说观。而由其语录之间,则固可认为一贯思想之直接的活动。

先就其目的论观之,孔子究竟之目的为仁,换言之为仁德之完成,为道德理想之君子,为仁者,此则读《论语》者所同感而无异致也。

虽然，此一般标帜以外，并非不认许其他。依各人个性如何而发展其所长，此则孔子人格主义教育，与今日之教育思潮为一致也。

**方法论** 然则孔子以若何主义方法示教于三千七十之徒乎？此则可以道德及人格主义一语答之。何则彼以仁为理想，而道德修养的中心，为道德教育主义。又对各个之人格，企图发挥其优点，此则明为人格教育主义之本旨。而此人格主义，当然以个性本位之教育法为工具。盖究竟之理想为仁，凡人皆应向此修养而迈进，而教育上之注意为尤切。不如是而欲期人格之具体完成，毕竟为不可能。

是故孔子教育之实施，一视弟子其人之问而各异共应付。例之同一问仁，而却非同一之解答。其答问政及任何问难皆然，要之为因人而施，无定程也。固然仁及政之内容为广泛，不能以一语表明之，而可取断片的说明。但其以问者为本位，则不能否定。最著之例，如答子路、冉有之问行，而予以正反两面之回答。其于子路"闻斯行诸？"之问，而曰："有父兄在，如之何其闻斯行之！"谓当禀明尊长也。于冉有"闻斯行诸？"之问，而曰"闻斯行之"，谓当不稍迟滞也。此则因两人之个性，一勇一怯而异其裁成，毫无疑义。观其自释之语曰："求也退，故进之；由也兼人，故退之"，其明证也。

又孔子教育主义中，显然有开发主义的意味。开发主义，反于注入主义，所以顺应被教者之力而以收得知德为旨者也。例之扣一端而使知他端，举一隅而以三隅反，皆此方法之应用也。孔子以正面之说明，颇非容易，故时时为暗示及讽喻的解答。彼之征引"唐棣之华，偏其反而，岂不尔思？室是远而"（《子罕篇》引逸诗）之句，其明证也。诗原文本为恋歌，孔子引之，则以仁比于唐棣之华，而曰："未之思也？夫何远之有？！"意言仁本不远于汝，特汝之心未思及仁耳。似此断章取义，颇堪玩味。又答子夏"素以为绚"之问，而曰："绘事后素"。迨子夏忽有"礼后！"之超悟，孔子则以"起予者商，可与言诗"许之。（《八佾篇》）万事皆此推类之法变换而成，教法不过其一端耳。孔子于《述而篇》曰："不愤不启，不悱不发，举一隅不以三隅反，则不复也。"此正开发主义之写照。依此则孔子之教育主义，与今日所称自学辅导及自动主义，殆无二致。

以上就教育教授主义之大者述之，至其方法上之分类，（一）为知育；（二）为德育（包美育在内），《论语·述而篇》载："子以四教：文、行、忠、信。"文为知育，行忠信三者为德育。故孔子之门，有如子游、子夏之优于文学者，又有如颜渊、闵子骞、冉伯牛、仲弓等之优于德行者，教法不同，斯成就各异也。

所当注意者，为孔子之缺乏体育。但《论语》亦无非难体育之处。故若以孔子于体育视为无用，亦有未合。

**教科论** 孔门之教科为何？此可由孔子教育理想之所在断定之。孔子之教育理想为仁，仁之道，总之不外先圣之道。

而先圣之道，载在六经。故孔门之教科，亦径可谓为六经。《论语·述而篇》载："子所雅言，《诗》《书》执礼，皆雅言也。"此即表明孔子教科之一端。

六经为《易》《书》《诗》《礼》《乐》《春秋》之六科。此外倘有六艺，亦为孔门之教科。六艺：礼、乐、射、御、书，数是也。

此外，孔子于教育上特认独学之价值，其机会则随在可见。例之《论语》载孔子之言："三人行，必有我师焉，择其善者而从之，其不善者而改之！"（《述而篇》）又曰："见贤思齐焉，见不贤而内自省也！"（《里仁篇》）皆此之谓。盖无论如何时势，如何社会，其能导人以善，足为我身示范者，固不少也。

要之以道德人格之完成为目的，以六艺六经为教科，以开发主义为启发智德之具，此则孔子教育之大凡也。

# 第六章 关于人性之思想

中国哲学史上性论研究，亦发于孔子。孔子于性之为善为恶，不曾明言。此即后儒性善性恶争论之所以也。

由孔子之所见，则人性与生俱生，大体相近，初无高下之别。至长而有种种差别，以至倍蓰什伯千万而无算者，习为之也。所谓习，要之不外习惯、教育等事。

由此见地论之，孔子之思想，可谓为教育万能论。盖因教育习惯之不同，而智、愚、贤、不肖之差等以生。无论何人，但能受到适当之教育，则齐一其贤智之程度，并非不可能。故曰"有教无类"。

以上之思想，观于《论语》"性相近也，习相远也"（《阳货篇》）之言而知之。而此思想，殆与希腊古贤苏格拉底"德由教成"之言相类似。

虽然，孔子非不承认例外之存在。此于其论"唯上知与下愚不移"之言而知之。上知即孔子之生而知之者，下愚则虽困而犹不知学之重要也。本文之意，若谓上智乃生而为善，故无教育之必要，又虽导之以恶而亦不为恶。反之则下愚，虽导以善，而亦无向善之可能。盖上知为先天的悟道，下愚则并此萌芽而无之也。

由此观之，孔子之性论，前后有若矛盾。至少不能不认为不彻底。盖一方则断定性为相近，一方又认许上知下愚之存在，此即其论理矛盾之一证也。

虽然，设取盖然论的观察时，孔子之论，亦自有其立说之根据。何则，前者以普通一般人为对象，后者则以某种特殊人为对象，即对水平线以外者言之也。要之此二论为孔子常识的议论。此思想至子思而始成为无例外之统一论。

以上论性，乃孔子教育方面之意见，今再述其道德方面之言论。《述而篇》："人之生也直，罔之生也幸而免。"此"直"字之意味为何，殊不明了。故后儒遂有"性善""性恶""无善无恶"以及"善恶混"诸异解，至宋儒而更有本然气质论。以余之见，此"直"字，对于曲而有善之意味，自又一面言之，径谓直即是善，亦无不可。

孔子乃唱人性三品说者。三品者：（一）生而知之者；（二）学而知之，及困而学之者；（三）困而不学者。第一为上知之资，第二为普通人与稍次者，第三即下愚之不足比较者也。以第二级之区别，则孔子之性说当为四品。此虽有"学"与"困学"之差，而其归宿则同。故仍以一品视之为宜。此三品之说所由来也。

然则孔子究为先天良心论者与否？此有一言申明之必要。固然在孔子思想中，有可认为先天良心论。试观其第一品生知之圣，此明明为先天良心之例证。然即据此例外之一事而径断孔子为先天良心论，亦有未妥。何则，孔子以一般人为学然后知，亦即所谓实现说。而前者为特别之例，后者为一般之例，故由此点观之，则谓孔子为真正实现论者，庶几近之。

# 第七章 宗教思想

《论语》关于宗教,哲学之言论殊鲜。盖孔子设教之初意,本以明伦讲道为旨。一味驰骛神秘,高唱玄谈,固其生平之所不喜也。此观《论语》:"子不语:怪、力、乱、神。"(《述而篇》)又"季路问事鬼神,子曰:'未能事人,焉能事鬼!'敢问死,曰:'未知生,焉知死'"(《先进篇》)之记载,至为显然。盖不知日常现实之道,徒自驰骛于超自然,形而上之议论,于其自身及天下国家,究有何补?而况孔子自身,为一救世主义实行者。彼当中年之顷,日惟尽瘁于政治道德之生涯,至于深奥玄秘宗教哲学之研究,彼殆未遑及此也。

虽然以此而谓孔子毫无宗教哲学之思想亦非。至少其自身实为有此具体而微之思想。一为细心考察,不难于言外意旨而稍稍窥见其端倪。

然则孔子之宗教思想为何?在未入细论之前,先就其特点而一言之。孔子之宗教，可谓为伦理的宗教，而与三代所谓宗教的宗教异趣。所谓宗教的宗教者，要之为信仰本位，情操本位。详言之，认许超绝人间势力之存在，敬谨皈依，发为行为，形诸祭祀，因而奉之为主宰者、绝对者，而肃然尊崇之者也。斯即上帝崇拜、自然崇拜、鬼神祭祀诸种仪式之表见。而此时代，宗教情操，至为热烈。至于孔子，其所心仪而景行者，只为伦理道德及理性方面之事。此由下述之记载而知之。

孔子宗教思想之中心为天。此思想非孔子所独创，渊源三代而继承之。盖如上述，所谓天者，无论为自然之义，或人格主宰之义，早自尧舜以前盘亘于群众思想之中。

孔子之所谓天，非仅为形体之天，即非为苍苍有形之天，而实则为具有聪明睿智与强大意志之人格的天。例之"知我者其天乎"（《宪问篇》）又"子疾病，子路使门人为臣，病间曰：'久矣哉！由之行诈也。无臣而为有臣，吾难欺？欺天乎！'"（《子罕篇》）此当为前者形体之例。又如"子畏于匡，曰：'文王既没，文不在兹乎！天之将丧斯文也，后死者不得与于斯文也；天之未丧斯文也，匡人其如予何？'"（《子罕篇》）又曰："天生德于予，桓魋其如予何？"（《述而篇》）此当为后者人格之例。

而此之天，以聪明睿智监视一般之行动，以强大之意志下命令于人群。称此天所下之命令，曰天命。然则此天之意志，及其所命者为何？曰道曰德，换言之，为道德之完成。彼之"天生德于予"之自诉，即谓此也。又天之所命于人者在德，人有此德，则天与之寿、位及禄为常例。盖体天意而行，乃人事之当然也。虽然此之位寿与禄，不必与德为一致。颜回贤而短命，孔子牢倒终身，其明证也。而孔子卒委之于命，不怨天，不尤人。何则，天之广大无限而悠久，以视人力，则微乎其微，人类所谓最上之德，有时不值上帝之一顾，因而一般遂有尽人事而俟天命之达见。君子处此，泰然自若，委身于命，敬恭无违，此即所谓乐天知命之圣境。此观之下列记载，至为显然。《论语》："子曰：'不知命，无以为君子也。'"（《尧曰篇》）又曰："君子有三畏：畏天命，畏大人，畏圣人之言，小人不知天命而不畏也，狎大人，侮圣人之言。"（《季氏篇》）凡所云云，于天命之为何，及人当如何而对天命，论述至为详尽。

然则孔子此等拜天思想，久之遂达天人合一之境。《论语·阳货》："子曰：'予欲无言。'子贡曰：'子如不言，则小子何述焉？'子曰：'天何言哉？四时行焉，百物生焉。天何言哉？'"此则孔子不言之教，与天道不言之化为一致也。

次述孔子关于祭祀之思想。所谓祭祀，祭神鬼也。而三代以来之神鬼，则有种种。今大别之，为（一）天神；（二）地祇；（三）人鬼。天神者，天之神，地祇者，地之神，人鬼者，人之灵。天神地祇，则有日月星辰山川等称，此显然为多神教。此皆四时供物，或王者亲临致祭，典至隆也。

至于孔子，将此宗教的祭祀，一变而为伦理的尊崇。此所谓祭，于古有报本、祈福、禳祸三义，孔子则只取其报本一义而已。此于《论语》虽未明言,隐约中亦可窥见其思想之所在。例之"子疾病,子路请祷,子曰:'有诸?'子路对曰:'有之,诔曰:"祷尔于上下神祇。"'子曰:'丘之祷久矣!'"即谓此也。何则,若为养德修身以求福于天神地祇,不惟无异论,孔子固早行之矣!世人不然,不知修德,而一味祈祷以求不可必得之冥福,此何能与孔子之祷相提而并论也。

要之孔子之祭祀,在于报本,毫无疑义。而此之报本,实为伦理的性质,而脱离一般宗教的迷信的意味。盖祭神鬼,非为福利,而此宁为其末务,吾人不可不就其本旨其深长思之也。

又次孔子之祭祖,亦非出自利己祸福之动机,总之不外报本追远,一申己心之敬而已。亦即惟报本之是图,绝无私利私欲诸念之存在。故孔子之祭祀,其主要之动机,不在于畏而在于敬。畏者有所为而为之,伦理之他律义,而敬则无所为而为之,伦理之自律义也。《论语》载:"祭如在,祭神如神在。"此之"如在",即致其敬心之状态。盖一心追想祖考在世之色笑、食事、动作等,专心凝念,如临之上,如质之旁,而一心以致其诚敬。此即如在之真义。后世不然,其祭也,一惟避祸求福之是务,其与孔子祭祀之本旨,失之远矣。

要之孔子之宗教思想,专以伦理为归,而蝉脱三代以来之纯粹宗教思想。所不无遗憾者,彼之宗教过于伦理化,失却热诚之深度,而于萌芽之民族宗教心,不无夭折之嫌。盖孔子以后,上代宗教思想之分裂。一为孔子之德教,而一为民间之迷信,其明征也。

# 第八章 哲学思想

《论语》中哲学思想之记载无多，故严密言之，于"四书研究"收载此项，似为多事。虽然孔子思想之全部，见于《论语》，若诸类纷陈，而独逸其哲学思想之一面，殊有未合。所以本书特再搜集此部而记述之。

如前节所述，孔了之在中年，关于哲学之研究，殊少余暇。洎乎晚年，始渐汲汲从事于此。《易》之《十翼》《系辞传》为其手订，久为历代学者间之定论。从之学者，多疑《易》之《十翼》，非成于孔子之手。欧阳修于作"童子问"而始疑之，吾国伊藤东涯于"读易私说"亦疑之。其以为孔子所作者，惟司马迁之《史记》，而无一佐证，此外则否认之材料殊多。今摘举《系辞传》之足滋疑窦者如下：（一）《易》书所原，一方则取自河图，而他方则又云仰观天文，俯察地理，前后殊嫌矛盾。（二）就其"子曰"之文字散见于各处者，即非孔子自作之佐证。（三）"是故"

文字（接续词），层见叠出，前后文义龃龉之处，亦颇不少。（四）孔子只言"仁"，《系辞传》则并言仁义，主张显不一致。（五）孟子为尊信孔子者，其书对孔子与《易》之关系，会无一言道及。以上云云，皆为有力反对之论据。以故《十翼》勿论，即《系辞传》之为孔子自作，恐亦都在可疑之数。

虽然以上云云，全与孔子之思想无关。何则，《易经》一书，其记"子曰"者，触处皆是，纵有不然，亦不碍其为孔子之思想。而况孔子自身，常言："假我数年，五十以学易……"又《史记》载，孔子晚年，韦编三绝而好易，故本书假定为孔子之思想而记其大要如下。

《易》夙传始于伏羲之画八卦，文王之系《彖》辞，周公之系《爻》辞，孔子之作《十翼》而始竟全功。其目的，在明人事之吉凶祸福以前民用而助成其实利实益。

《易·系辞传》之作成，不外观察天地之现象，而置之于经验基础之上。即本传所谓"仰以观于天文，俯以察于地理"（《上传》），"仰则观象于天，俯则观法于地，观鸟兽之文与地之宜，近取诸身，远取诸物"（《下传》），其明证也。故《系辞传》之思想，直言之为天人合一思想。以上为《易》之由来。

由《系辞传》之世界观，则宇宙一切之现象，可汇分为三类。即天、地、人是也。而天有天之道，地有地之道，人有人之道。此人道与天地之道，非有二致。盖通贯天地人三才之间，有根本法则之存在故也。换言之，此宇宙之根本法则，显于天地而成为天地之道，现于人事而成为人道。因而此三者根本自当一致。以上为宇宙观——天人合一论。

然则通贯天地人之法则为何，《系辞传》以阴阳之道当之。《下传》所谓"一阴一阳之谓道"是也。阴者消极的原理，阳者积极的原理。此两者通贯天地万物之一切，无论如何事物及时间空间何方，无不贯彻，此为最普通的法则。故由他面言之，天地万物，总之皆由此两者之交错，或阴阳二气之消长隆替而生。例之天地、日月、寒暑、风雨、上下、高低、左右、刚柔、动静、阴阳、男女，以及潮汐之涨落、四时之推移，其明证也。又有物必有道，有道则必不外于阴阳两仪之动荡。又一阴一阳之两仪，而每仪之中，又各有一阴一阳，如是推至无数无限。此"一阴一阳为道"之所以也。以上、为阴阳观。

由斯观之，万物生生变化，无片刻停。何则，阴阳交互循环，时时营其生存不息之活动，是即为"易"。《系辞传》所谓"生生之谓易"是也。

易之名称，不离生生之道。故此观念，可比于近代哲人之"转化"说。又《易》形容此生生之道，亦以"富有之谓大业，日新之谓盛德"（《下传》）称之。以上为《易》论。

又《系辞传》时见"太极"之文字，《上传》所谓"易有太极，是生两仪"是也。毕竟太极为何，诸说不一，要之为一阴一阳未分之原理。或云包有阴阳两仪之原理。

《易经》哲学之中心思想，为天人合一之宇宙观，宇宙论、阴阳论,与《易》即生生论,由此等思想而形为实践说,亦即《易》之伦理说。今就《系辞传》所见,摘举其要言如下"一阴一阳之谓道,继之者善也,成之者性也"(《上传》),"天地之大德曰生,圣人之大实曰位,何以守法曰仁,何以聚人曰财,理财正辞,禁民为非曰义"(《下传》)。

由此观之,道不外于一阴一阳之自身,又天人合一,而由实质方面观之,曰"生生",所谓仁者,其意义亦不外是。因而仁字或以一元之气解之,程明道解孔子之仁为"生生之道",即渊源于此也。以上为伦理论。

《易》之哲学思想,有如上述,由此观之,则前揭之《论语》思想与《易》之哲学思想,大有径庭。何则,《论语》所见之哲学思想,显然为感情的,而实在之人格道德等项,则为冷知的。盖人格之写象,形迹渺然,而思想之全体,更难专以道德当之故也。征之此点,则易之《十翼》(《系辞传》在内)其非孔子之自作,当非悬揣。固然人之思想生活,因年岁而有变化,则以《论语》思想与《易》之思想各异之故,而区别为两事,不能谓为臆断。因而学者以论语思想,为感情方面之事,此亦应有之解释。不过是等之断定,在研究未获成功之际,尚未能据为定论。所以本书关于此等专门问题,言止于此,不再饶舌矣。

# 第九章 《论语》之批评

如上所述,《论语》含有多种之思想,故其可为批评之对象,亦颇不少。然就此而为逐一之评论,亦嫌烦琐,姑举其重要之二三,聊示大凡而已。兹先言其所长。

第一,其言为实践的,而于日常彝伦之教,尤适切而有效。其故:如仁、如忠恕、如礼,又如孝悌、君子论,何一不于日常道德之实践,有直接之效果。

第二,为唱大义名分论及鼓吹尊王主义。此点谓为脱却儒教本来之民主主义,而表明其为孔子独特之思想,未为不合。

第三,为唱导伦理的宗教。此则将历来儒教包含之迷信、利己的要素,而改造为伦理的趣旨。

第四,为教育思想之卓越。此即孔子以教育之理想为仁(具体化之君子)。次之为采人格主义、开发主义之方法。又重视自学主义之思想,而使被教育者自身有特殊之发展。与现代最进步之教育学说，若合符节。

以上为《论语》孔子思想之优点，而自他面言之，其弱点亦不为少。兹仍摘其主要者言之。

第一，为陷入求理想于过去之尚古主义。此由孔子自身之谦逊（如窃比老彭、好古敏求之类）考之，而其结果陷于尚古主义，于后世中国文明之发达为害不少。

第二，有拘泥形式主义之嫌。其故：在《论语》思想中，为尚礼而重名分，故动辄有拘泥形式而蔑视精神之嫌。观其与宰予论丧，为最好之例证。此事在孔子视为必要，而当时弟子中已有不少非之者。其他行止坐卧等做法，不过陷于形式主义者有几？

第三，为偏于个人道德主义，而公德之观念特薄。本来东洋道德，类多缺乏对社会之积极思想，而孔子之思想，亦有同病。

第四，为缺乏哲学科学方面之思想。此则读《论语》者，考虑孔子之思想，有同样之非难。孔子自身，非无哲学思想，特在《论语》仅如昙花之一现，不能为撤回此非难之理由。尤其科学思想为然。

第五，为特别忽视功利方面。此征之"子罕言利"之言而知之。又据政治论"去兵""去食"之言，亦可窥见梗概。故任至何处，辄被讥为迂远而有"道大莫容"之叹。此则孟子之所敬重而首肯者也。

上列诸端之外，有谓其乏人格观念、权利思想，即道德思想亦未为完全者,服部博士则谓其无权利之文字而有权利之思想。此只可为一种参考而已。

**补** 孔子与宋儒之比较——纲岛荣一郎氏。

宋儒以复性复初之说,为其学说之中心要素。其中尤重修为论、功夫论,然此思想与孔子之伦理说,无毫末之影响。宋儒分别气质之性与本然之性,而为学之要,首在去气质后天之情态,而返还于未发本然之性质。此二元论之思想,在孔子学说中,则毫无端倪。孔子之所谓仁,总之不离人事之范围,与宋儒所谓本体之性,超越后天之经验者大异。仁者,根诸吾人经验之情性,更立其上而统一之,为至上之原理或理想,此即《大学》"止至善"之意。孔子言仁,不言克己复性而言克己复礼者,盖以礼即社会风仪、习惯、制度及一切客观道德之总称也。是故孔子之仁,为实际社会统一之原理,非如宋儒之性,为论形式、本体、形而上学的原理。因而孔子伦理上之修为实行功夫,特重忠恕,与宋儒之无欲、存心及居敬守静之礼定功夫,相去远矣。

要之孔子之伦理思想,以仁为统一诸德之至上原理。其目的及学风,可为今日进步的伦理学说之一。且即谓其与立极的一元论同趣,亦无不可。因而孔子之伦理,异于宋儒之二元论的伦理,语意浑涵,无冷静枯涩之迹。又就其近似立极的一元论言之,则孔子之儒学,与后世之直觉的儒学,亦大相径庭矣。(《春秋伦理思想史》)要之论语表现之思想,实践为其特长,而理论科学方面则否。又其思想直如一种古典的艺术品之表见,故离孔子之人格,不能得确实之评价。盖散见于《论语》之思想学说,总之不外孔子全人格之断片的表现也。然则以上批评,亦只可为大体之感想已耳。

# 第四篇 《孟子》研究

# 第一章 解题

## 一、题名及作者

《孟子》之题名，多数学者，谓因作者之名而名之。此与称荀子之作为《荀子》，韩非子之作为《韩子》同例。

然则《孟子》当为孟子其人之著作乎？关于此有二三之说。《史记》载"孟子退而与万章、公孙丑之徒著书七篇"，是则《孟子》为其自作明矣。亦有持异见者，以为书中记言称"孟子曰"，其于鲁平公称谥，是则此书当非孟子自作而为其弟子所作乎！此为韩愈、林慎思等之说。

虽然此第二说，要未能打破第一说之理由。何故，即谓此书为万章、公孙丑之徒所作，同时商承孟子意见，删订成书，其后复经门人校订而追书之，则亦事之可以承认者也。况其文章内容（书中齐湣王单称王而不称谥），有诸多可为孟子自作之佐证乎！然则《史记》之言是也。

**补** 孟子之传记—改订《哲学大辞书》《远藤隆吉氏》。

孟子生卒年月，各有异词。其自叙云："君子之泽，五世而斩；小人之泽，五世而斩，予未得为孔子徒也，予私淑诸人也。"（《离娄下》）又由《史记》列传"受业于子思之门人"之言观之，则其未及子思之门，当为事实。蔡孔炘"孟子谱"，定孟子之生年，为周烈王四年己酉四月二日，由此观之，当孔子卒后之百零七年。今为述其事略如次。

孟子邹人也，名轲，字子车，亦字子与。幼受贤母三迁之教，长受业于子思之门人，道既通，适魏，惠王不能用，游事齐宣王，位列三卿，说行仁政以王。时天下方务合纵连衡，以攻伐为贤，而孟子乃述唐虞三代之德，宣王以为迂阔远于事情不能用，去而之滕，时文侯初立，欲有所为，信用孟子最笃，但其国小，且以早逝，未能大展其怀抱，惜哉！

孟子与苏张同时，历聘诸侯之间，其所说多与若辈之言若冰炭不相容。时天下紊乱，孟子则务以正自持，屹然不为动。自后其名日闻于诸侯，英雄豪杰之士，群集而谒谈者络绎于途。淳于髡以不救天下之大义相责，沈同以燕之可伐与否来征意见，其与告子论性，尤为出色当行，此外不再缕数。孟子不遇于时，往来宋、鲁、滕、薛之间，不得行道之地，乃以阐明孔子之教，排斥杨、墨之徒为己任，观其言曰："能言距杨、墨者，圣人之徒也。"（《滕文下》）亦可见其抱负之所在矣。

孟子之死，一曰周赧王二十六年正月十五日。其去烈王四年之生，计八十四年。

## 二、体裁及各篇内容

关于《孟子》之体裁，依《史记》则《孟子》有七篇，《汉志》则缺十一篇。盖合内篇七篇、外篇四篇言之也。而此外篇四篇，征之《史记》《说苑》《法言》《鉴铁论》引《孟子》之语及今本均无，可想而知。然则今日所传之外书四篇，果为当时之著作与否，未能臆断，恐此多为后儒之伪托乎。（《教育大辞书》参照）

今日所传之《孟子》，共由七篇而成。今示其各篇之内容，大体如次。

第一篇　《梁惠王》　第二篇　《公孙丑》

第三篇　《滕文公》　第四篇　《离　娄》

第五篇　《万　章》　第六篇　《告　子》

第七篇　《尽　心》

《梁惠王》篇，主要为孟子与梁惠王、齐宣王等问答之记录，内容多关于政治。《公孙丑》篇，为精神上之言论，所谓浩然之气、四端说，均申论极详。《滕文公》篇，论述圣人之制度、孔子之道统、杨墨之排斥。《离娄》篇主要为仁义论，《万章》篇多为关于尧、舜、禹、汤、孔子，其他古人，及一切处世之事。《告子》篇，其上为性善论，下为政治道德论。《尽心》篇为广蒐孟子之言而备载之者也。

## 三、《孟子》之要领

《孟子》七篇，要之为性善论（四端扩充说），仁义论、修为论，王道论（仁政论）等。再以数语约之，则以人性本善，以人皆有良心及四端所谓恻隐、羞恶、辞让、是非之心故也。故人而苟扩充此四端之心，从良心之命令而行，则即不离于道。然而往往有欲以掩其本心之善，故不可不依寡欲养气之方法以正之。又仁义为道德上之二大标准，故人而有居仁由义之必要。如是而其身修，则不能不推其用于天下。其理想为王道（仁政），初步手段为注重民生，盖必先使养生送死之有著，然后可明仁义而兴教化也。

## 四、注释书

《孟子》之注释书，亦有种种。今举其主要者如下。
一、《论孟精义》（三十四卷）　宋　朱　熹
二、《孟子古义》（十四卷）　清　焦　循
三、《孟子古义》　伊藤仁斋
四、《孟子精蕴》　太田锦城
五、《孟子定本》　宋井息轩

# 第二章 《孟子》思想概说

载在《孟子》七篇中之思想,不待言为孟子其人之思想。孟子之思想学说,直接由曾子、子思传来,而间接则渊源于孔子及三代之伦理说。不过孟子之思想学说,非完全先儒之思想,即非纯粹祖述的性质,显然为孟子化而自有其独特之思想。例如"性善论""仁义并立论""四端扩充论"是也。又《孟子》七篇中,显有尊重古来之正道,排斥杨墨之邪说,崇王道而黜霸功,唱仁义而斥功利之形迹。此则承继三代以来之正道而有坚确救世之信心所使然。盖时当春秋末世,社会之大势日非,异端邪说,披猖于时,不忍坐视故也。

补 孟子之学统及人物——纲岛荣一郎氏

**学统** 继承孔子弟子曾子之学者为子思。而传子思之学者为孟子。或曰"孟子受业子思之门人",或曰孟轲"师事子思"。毕竟何者近于事实,殊不明了。总之孟子为曾子、子思学统之继承者，此由其述《中庸》"思诚"之言而知之也。

其言曰："是故诚者，天之道也。思诚而不动者，未之有也，不诚未有能动者也。"

**人物** 孟子博辩雄伟，气象豪迈，素以天民之先觉为己任，自负有宣扬圣道、利济当时、非我莫属之概。以是藐视王侯，排击杨墨，崇王黜霸，贵仁义而贱功利，慨然以富贵不能淫、贫贱不能移、威武不能屈之大丈夫自居。彼非冷静的道学先生，亦非消极的君子，而为落落活气盖世的伟人。又为世道人心之改善，为一日不遑宁处献身的义士。彼以君子而又备具政治家之姿态，义士而又稍谈通变之权谋。程子谓"孟子颇露英气"，为其确评。盖比之于粹然含蓄之孔子，盖显然为有圭角者。孔子之仁，若拟为温润之玉，则孟子之义，拟为光芒之剑，最为允当。

孟子之言论，常充溢道德上之自尊心。彼常以孔子为理想之圣人，而曰："愿学孔子。"又曰："自有生民以来，未有孔子。"而一意尊崇之。但彼与孔子之性格，如上所述差异之理由，不得不归之于时代变迁之影响。孟子之时代，去孔子百有余年，春秋时代周室礼文之遗芳，早已澌灭无余，世方骛于合纵连横，显然划为一战国时代，不惟政治上发生变态，即思想上亦异说纷起，而现出未曾有之战争新局面。孟子生于此时，一面为救生民之涂炭，黜霸尊王，一面为传圣学之统绪，辟异端而宣正道。因而时时逞其折冲健斗之风度，不得已也。抱负形为气焰、气焰形为词锋,今读《孟子》七篇之文章,波澜壮阔光彩发越,又妙于设喻,赡于词藻,诸凡表现,一以理义之精核贯澈之,雄健浩瀚,大有一夫当关,万众莫御之概。但以其过骋词锋,不免有违论理正轨而陷入诡辩之途径。事实具在,无容讳言。要之孟子之伦理,与孔子之伦理,离其人格而难以说明者同也。(《春秋伦理思想史》)

《孟子》七篇之思想,以伦理思想、政治思想为其二大别。而其究竟理想,不外完成仁义礼智之品性。换言之,于政治上,不外使斯民为仁义礼让之民,此为王道之极致。故其理想成为一般儒道之理想,与孔子同。以下就此而详述之。

# 第三章 伦理思想

## 一、性善论

《孟子》之伦理说,以其独创思想之性善论为基础,辅之以仁义说,而大倡实现策之修为方法者也。兹先就性善论而一申其意义。

**性善说之论据** 孟子于性无记说(无善无不善说)、性湍水说(性可为善可为不善说)、性有品说(有善有不善说)、反对思想极盛之时,而断然主张性善说者,此自有其相当之理由根据。学者由二方面论之,一为历史的论据,一为心理、性理的论据。换言之,孟子之性善说,可分为演绎归纳之二说。

先就前者观之,孟子继承《诗》《书》《论》《庸》之传统者也。试观《诗》之"天生蒸民,有物有则,民之秉彝,好是彝德",《书》之"天叙有典,敕我五典五惇哉",《论语》之"性相近也，习相远也"，又"人之生也直"，《中庸》之"天命为性"诸说中，大都含有性善之思想。此为孟子性善说之根据，亦即从此等思想而演绎为性善之思想。何则，《诗》《书》《论》《庸》，皆含有性善论思想之萌芽故也。

然而上引诸说，皆未明言人性为善，孟子独昌言之。其心理的根据，则在四端论。

**性善论之内容**　由孟子之言观之，则人有同性，不分圣凡而一致为善。其证如口之于味，为甘为咸，人我所同故也。其他耳之于声，目之于色，殆无不然。此为其证据之一。又无论何人皆有不忍人之心，试观赤子落井，见之者无不急切往救，其明证也。此时之救助，既非博道德家之名誉，又非希冀其父母之致礼，更非为避免他人坐视不救之批评，要之为人性自然之流露。亦即原始道德心之显现也。孟子名此为恻隐之心，而谓为仁之端。尚有其他之三者，即羞恶之心、辞让之心、是非之心是也。孟子又配之以德而谓为义之端、礼之端、智之端。总言之人心有恻隐、羞恶、辞让、是非四者，而为仁、义、礼、智四德之表现。此即《孟子》之四端说，而为性善论之心理、性理的根据，亦即为性善说之第二佐证。何则，人心果如上述之状态，则人性之善，早无可疑之余地矣。其原文有如下述，"孟子曰：'人皆有不忍人之心。先王有不忍人之心，斯有不忍人之政矣。以不忍人之心，行不忍人之政，治天下可运之掌上。所以谓人皆有不忍人之心者，今人乍见孺子将入于井，皆有怵惕恻隐之心，非所以内交于孺子之父母也，非所以要誉于乡党朋友也，非恶其声而然也。无恻隐之心非人也，无羞恶之心非人也，无辞让之心非人也，无是非之心非人也。恻隐之心，仁之端也，羞恶之心，义之端也，辞让之心、礼之端也，是非之心，智之端也。'"（《公孙丑上》）

虽然，吾人对于孟子此论，多少不能无疑。何则，人性果善，则世间不当有恶人之存在，伦理纲常之颓败，应当绝迹，而如孟子自身之纵论性善、高唱仁义，直无丝毫之理由矣。此等疑问，在昔已有向孟子一发其端者。

孟子对此疑问之解答，则准据别一新原理，所谓物欲观念是也。以为"人性本善，因有物欲之陷溺，本心遂为所掩而恶生焉"。彼于此理，曾假设诸种事例说明之。今举其二三如下。（一）为道路之喻。道路以使利交通为本性。然而人不率由，则茅草丛生，而道不成为道矣。此状态即为恶。须知此非道路之本性使然，茅草为之也。道路之自身，毕竟不失其康庄之本态。（二）为牛山山木之喻。其言论之大旨如下。牛山之木，苦曾葱茏繁茂，徒以后人之采伐，牛羊之来牧，以致余蘖无存，而以童山终。见之者以为牛山无木，自昔为然，实则山之生木为其本性，兹之无木，固由他力之使然也。知此则知人性，人性本善，其有恶者乃物欲之陷溺使然，与山木之被戕同也。其他尚有类此之比论。曰：天之降才无殊，何以富岁子弟多为善，凶岁子弟多为暴乎？盖一则衣食丰盈，一则衣食不足故也。此即物欲陷溺，恶事因缘而生之写象。又如播种，麦种无殊，徒以地质、雨露、人力之不齐，而结果因之大差。总之上述诸说，皆所以示人性本善，因物欲之害而始有恶也。

以上为孟子性善说之要旨，至彼之所谓物欲为何？由何而起？关于此点，《孟子》一书概未论及。故仅如上述，尚未足以解决恶之存在之疑问，因而孟子性善之主张，不能为彻底。要之其说因物欲而陷入二元论，亦足证明彼说之欠圆满矣。

**先天良心说** 孟子唱性善说，同时而又主张先天良心论。此思想为性善说必然的产物，毫不足怪。即由彼之所见，则人为生而具足此本心，本心即良心也。有良心因而有良知良能。良知良能为良心之发动，换言之，良心为体，则良知良能为其作用。此思想，于下列《孟子》各节表明之。其言："万物皆备于我矣。反身而诚，乐莫大焉。"（《尽心上》）所谓物者，以道言之，即伦理之谓。而非具体物象之浅释。又曰："人之所不学而能者，其良能也；所不虑而知者，其良知也。孩提之童，无不知爱其亲者，及其长也，无不知敬其兄也。亲亲，仁也；敬长，义也。无他，达之天下也。"（《尽心上》）爱亲敬长，自孩提稍长而已然，此则显然表明良心为先天性。

然则良心与上述四端（恻隐、羞恶、辞让、是非之心）之关系如何？要之四端之心，不外于良心之内容。何则，良心为体，而其发动则为良知良能（孟子不认良心之感情方面），在内则为仁、义、礼、智之德故也。孟子之良知说，至后遂成为阳明良知说之基础。

要之,孟子之性善说,较之孔子以前之性说为优胜。在中国哲学史上为重要思想之一。而于此有应注意之两问题。即(一)为性善之真义如何?(二)四端说为生有论的解释乎?抑为发达论的解释乎?

此二问题,学者各异其见。以余之见,第一,性善论之真义,起自当时反对论者(告子、荀子等)多人之误解。何则,孟子所谓"性善"之性,乃特指吾人性禀中之德性一面言之也。即古来关于人性之解释,本有"情欲"与"德性"两义,荀子为情欲解释之代表者,孟子则略其情欲一面专就德性一面而昌言性之为善者也。征之下列《孟子》所载而知之。其言:"仁之于父子也,义之于君臣也,礼之于宾主也,智之于贤者也,圣人之于天道也,命也,有性焉,君子不谓命也。"(《尽心下》)此性字专指德性之性一面而言。

且孟子非不承认吾人性中有食色之性(情欲之性)。观其言曰:"口之于味也,目之于色也,耳之于声也,鼻之于臭也,四肢之于安佚也,性也,有命焉,君子不谓性也。"(《尽心下》)此则对于食色之性非绝对否认之明证。

然则孟子何故不主专一之性而又溯及其他乎?以意推之,固然情欲亦不异于性,而其得遂于否,多关于命。故君子不谓之性,反之而所谓德性者,我欲斯至,一无扞格,故孟子只认此德性之性为性而不及其他。

由是观之，孟子性之二分说，其正否当为别论，而斯意义，于其性善之主张，则一无妨碍。论者不深顾此点，而遂断定孟子之性善论为不合于事实，且以孟子之性论为不彻底，其理由概不外是。

次就四端说观之，论者亦多异见。一为朱子一派之所说，一为孟子之良心生得说。与生俱生自始存在之仁义礼智具足的观念，其端绪触事而现于外者，为恻隐、善恶、辞让、是非之心。盖最严密之先天良心论，即为一种直觉说。依此说，则四端扩充说为无意义。盖在扩充一语之中，含有发达的意义，与生得之说固不相容者也。

反是者，为伊藤仁斋之说。由此说，则孟子良心说，断非与生俱生自始具足之意义，不过为仁义礼智之萌芽耳。即恻隐之心，不能为完全之仁，而可为仁之种子。此为良心发达论。

以上两说，对于端字之解释，各异其见。即一则为"端绪"之解，一则为"端本"之解，其取义各殊也。端绪本义为丝之起始，正言之为仁义礼智之一端，由一端而不难窥见其全体，朱子之说从之。端本本义为种子之萌蘖，正言之为仁义礼智之缩影，距其成熟之期，尚属遥远，伊藤仁斋之说从之。我国学者宇野学士则服从朱子说，服部博士、纲岛荣一郎等则赞同仁斋说。宇野学士采取朱说之理由如下。于扩充一语之上，端本之义，甫具雏形，隐而未彰，一切皆赖后来之努力。予之采朱子之说，盖孟子为性善论者，此言人性非部分的善而当为全体的善。性善，则先天良心为理论上当然之结果。此一说也。

虽然，自又一面观之，孟子之所说，确为"端本"之解。此于孟子"达"之文字观之，至为显然。所谓"凡有四端于我者，知者扩而充之矣，若火之始然，泉之始达，苟能充之，足以保四海，苟不充之，不足以事父母是也"。（《公孙丑上》）依此则端字明为端本之义，律以良心发达论为至当。盖"扩充"云者，即由微小渐次显著而至盛大之义。"达"之为言，则如泉之始涌，火之始然，其造端虽微，而其后之成为大海，势至燎原，皆由此而致之。人性之初，其萌芽亦犹是也。况乎"性善"一语，不解为完成之善，不只其说为无意义，而如孟子先天良心论之"无不知"一语，更无明确完全概念之存在矣。依余所解，所谓"孩提之童，无不知爱其亲"之知字，非先天观念之所有，当作一种朦胧冲动的状态观之。

依此解释，则孟子四端扩充之概念以明，达之语义亦著，且于心理的事实亦相吻合。而一代论客如孟子者，何以不顾卑近经验之事实，而唱严密的先天良心论乎？论者于此，不以端为端绪之解，而于性善论与先天良心论之间，别唱实现论以代先天良心论，以端为"端本""萌芽"之解释，如是于性善论之自身，或亦不感过大之妨碍乎。何则，即性而非完成的善，要之不失其为善。盖惟善能生善，恶之自身不能生善故也。

总之，孟子之性善论，与先天良心论、四端扩充论之间，论理之不透彻，无俟多论。何则，彼于一方，为论证性善而唱

"先天论""直觉论",于他方则明明为发达的说明而又唱"扩充说""实现说"故也。

## 二、仁义论

**仁义论之由来** 仁义论与性善论同为孟子伦理学说重要之观念。固然仁义一语,及其思想之酝酿,在孟子以前。远者不论,近如孔子之仁是也。孔子虽提倡仁而未及义,然此不过其表面,实则孔子思想之自身,已含义之观念。何则,孔子之仁,早于其中含有义的实质矣。此观之《论语研究》之"仁论",至为显然。

又曾子明明并称仁义,而以德为仁义之两面。其他于《易》之《说卦传》,有"立人之道曰仁与义",于《中庸》有"仁者人也,亲亲为大,义者宜也,尊贤为大",于《老子》有"大道废有仁义"等句。虽《说卦传》及《老子》之文,多后儒之伪造,可置不问。而其思想之存在,则无毫发可疑之余地。况文字之记载,早显然诏示于吾人。故孟子之仁义说,可谓直接间接胎息于此者也。

虽然配仁以义,连带并称而为道德根本主义者,则始于孟子,此则不容忽视者也。

然则孟子特称仁义之理由何在?此可从下列诸方面观之。第一为豫防孔道之误解。即在孔子之仁以内,本含有义之观念。

亦即对平等的爱，而含有差别的一面者也。彼在平日动言"四海之内皆兄弟"，与平等博爱有等视齐一之嫌。孟子为匡正其非，特揭孔子所未明言之义字，而以配仁，非无故也。

第二为与杨、墨之教示区别。彼时杨、墨之徒，一唱自爱，一唱兼爱，前者与义淆混，后者与仁等视，因而为破邪驱正、发挥圣道、始郑重而言仁义也。

第三为讲明君民关系及社会关系。盖当春秋末世，社会紊乱，邪说流行，君臣大义，殆将淹没于人寰。孟子为权利义务观念特强之人，不思坐视社会关系之紊乱及君臣名分之颓败，故积极提倡仁义而企图所以挽救之。

以上三者，为孟子唱道仁义之主旨。观其在齐在梁，所至辄论仁义之必要，而详其内容有以也。

**仁义论** 在阐明孟子仁义论内容之前，应先知孟子高唱仁义有如何之必要，此观于下列文义之记载而知之。

"孟子见梁惠王，王曰：'……亦将有以利吾国乎？'孟子对曰：'王何必曰利？亦有仁义而已矣。……万乘之国弑其君者，必千乘之家；千乘之国弑其君者，必百乘之家。……苟为后义而先利，不夺不餍。未有仁而遗其亲者也，未有义而后其君者也。'"（《梁惠王上》）

孟子曰："生亦我所欲也，义亦我所欲也，二者不可得兼，舍生而取义者也。"（《告子上》）

由是观之，仁义之道，其为预防争夺，增厚君民父子之情谊，明示死生义利之轻重，而为维持家国之要道，自不待言。

然则孟子之所谓仁义如何？孟子于此有种种之解释。其为譬喻之词曰："仁，人之安宅也，义，人之正路也。旷安宅而不居，舍正路而不由，哀哉！"（《离娄上》）又就事实以申其义曰："亲亲，仁也，敬长，义也。无他，达之天下也。"（《尽心上》）其泛举人事而广其义曰："人皆有所不忍，达之于其所忍，仁也。人皆有所不为，达之于其所为，义也。"（同前篇）又就人格而为具体之解释曰："……'何谓尚志？'曰：'仁义而已矣。杀一无罪，非仁也，非其有而取之，非义也。居恶在？仁是也。路恶在？义是也。居仁由义，大人之事备矣。'"（同前篇）此外又言仁义之于人心，为先天固有，而曰："仁、义、礼、智，非由外铄我也，我固有之也。"（《告子上》）

就上述文义观之，第一可知仁为德而义为本务。其理由：则以仁为安宅而为吾人之所依归，义为正路而为吾人之所率由故也，二者同为道德上之必要。固然，于某时机，虽仁亦非无义务之可言。何则，理想之性质为"当为"，当为者，纵为不完全的性质，而由绝对的见地论之，亦应认为义务故也。且此义同时亦可作一德目视之，如仁义礼智并称之义，即其例也，《中庸》"义者宜也"，亦是此义。孟子所言之仁义，其大体则以仁为德而以义作一种本务观，庶几近之。纲岛氏亦以"仁为德而义为义务。义务者，总之为反于不公平之行为而带公平正直之意者也"。（《春秋伦理思想史》）

第二，仁义为孟子道德说之理想，而亦为一种主义。何则，孟子之所谓仁，为慈爱及人，而义则使此行之即于正也。又爱为利他，以忘我为其本质，亦即以忘我为终境。故仁之本质，为平等的博爱，即孔子"四海皆兄弟"之意。虽然，就人生之实状言之，此不能为真实的状态。何则，人有远近亲疏之别者也。仅以仁为理想，往往忽视此点，而不能为充分之理想。弥此缺陷，惟义之原理足以济之。盖仁而正之以义，始为完全具足之德。孟子所谓"居仁由义，天下之事备矣"，是也。更换言之，则体仁义于身，道德的品性以完，此即孔子所谓"成仁"，而仁义之成为理想，其故亦不外是。

第三，孟子所谓仁义，于人生为固有。此征之"仁义礼智，非由外铄"之言而益信。而此与彼之性善论（四端扩充论）有最密接之关系。

第四，仁属感情的方面，而义属理论的方面。此于孟子"人皆有所不忍，达之于其所忍，仁也，人皆有所不为，达之于其所为义也"之言而知之。盖仁以慈爱为本质，而义以公正为本质，其取义固自不同也。

要之孟子之仁义，一为人之安宅而一为人之正路，一为感情的道德而一为理论的本务，一以慈爱为主旨而一以公正为目的，此为道德之二大原则。从实践上言之，为道德的理想，实则谓为人性固有直觉的通则及观念，其近之矣。

**补** 《孟子之义》——纲岛荣一郎氏

义为吾人应当践踏率由之正路，仁为德而义为义务。孟子之所谓义，即正事公道之意，盖指一切道德上之法则、义务而言之也。

孔子只言仁，孟子则更进而言义。此在社会风纪变迁上，当为较严峻之客观法则，防一时溃决人心必要之具乎。再就内容言之，可为一种正义权威不可瞻徇之尊严性，此与孔子伦理思想无关，为孟子特出思想放射之异彩。彼以义有自明的直觉性，离一切之理由条件，而以绝对的命令诏示于人，即彼之伦理上直觉论之由来也。

孟子以义为正路，乃吾人日常出入进退必由之坦途。假令得天下而行一不义，杀一不辜，君子不为。又曰："非礼之礼，非义之义，大人弗为。"故"大匠诲人，必以规矩，学者亦必以规矩"。不从规矩、范驰驱，诡遇而得禽，射者御者弗为，况君子乎。

君子任如何志切行道，而决不为坏法枉道之行。枉尺直寻，尚为背义，焉有枉己而能正人者。"非其义，非其道也，禄之以天下弗顾也，系马千驷弗视也。非其义，非其道，一介不以与人，一介不以取诸人。"又大人者，"言必信，行必果"。吾人不论结果实效之有无如何，惟以义而定从违。君子者，"正其义不谋其利，明其道不计其功"。由此思想推之，孟子之义，不恃任何理由根据，而推直觉的、绝对的，以努力实行道德上之法则为归，此亦得以义务视之。为义而不狗毫发之私，此思想于《孟子》一卷中，殆屡见不一见、而为最有光彩之部分。《春秋伦理思想史》译者按氏本段文义，杂采《孟子》，组织成文。

**仁义与四端之关系**　余意特设一项，究明仁义说与四端之关系。

依孟子之所见，则人性之善有四方面。即（一）恻隐之心；（二）羞恶之心；（三）辞让之心；（四）是非之心是也。此四心者，显之，为仁义礼知之端绪。故曰四端。然则此四端与仁义之关系如何？依余之解，所谓仁义，当然本此四端之心所发。又仁义为存养此恻隐、羞恶、辞让、是非四心所得之结果。换言之，扩充四端为仁义之二德。而仁义之中，其含有礼智之特质，又何待言。

由是观之，所谓仁义，其植基于性善说之中心思想四端说，益为明了。惟依朱子之解，则成为直觉说—固有说，依仁斋之解，则成为扩充说—实现说。

次之论究四端之心与仁义二德之本末关系。一言四德，知恻隐之心为仁，羞恶之心为义，辞让之心为礼，是非之心为智。由此以观二德，则仁非本于恻隐，辞让之心、义非本于羞恶、是非之心乎。固然有谓礼当属之于义而智当属之于仁者，此则均非确论，不过比较可为妥当之见而已。

**权道论**　孟子仁义说中，不可疏忽最后之一事，即关于权道之思想是也。然则权之意义如何？要之为破格之义，即不属于寻常事态时之义。换言之，为全大义而破小义，亦无不可。盖以义则丝毫不可有违，即若无例外之设，则依时地之限制，为小义而害大义，为义而害仁者，自属难免。而孟子之义，即认此义之通融性，故以权道名之。

此思想于下列文义表明之。"淳于髡曰：'男女授受不亲，礼与？'孟子曰：'礼也。'曰：'嫂溺则援之以手乎？'曰：'嫂溺不援，是豺狼也。男女授受不亲，礼也。嫂溺援之以手者，权也。'"（《离娄上》）此以男女不亲授受为礼，违之则为不义，然而见嫂之溺而不以手援之者，殊非人情之常。盖以义言之，则有例外，故当嫂溺而以手援之者，乃权之所以破小义而完大义也。

但此权道，要惟限于破格时机而止，不能执为通行之常道。故孟子又有下列之语："曰：'今天下溺矣，夫子之不援，何也？'曰：'天下溺，援之以道。嫂溺，援之以手。子欲手援天下乎？'"此言援天下者必以经常之正道，非如救嫂之溺得凭一时应变之权宜也。

又孟子之权，此外尚有种种之说。观其对任人"以礼食则饥而死，不以礼食则得食，必以礼乎？亲迎则不得妻，不亲迎则得妻，必亲迎乎？"之问，而孟子答之，则以"礼食、亲迎、礼之轻者，与饥死而灭性、无妻而废人伦、食色之重者相比，则弃前者而取后"是也。（《告子下》）

然则孟子一面言"非礼之礼、非义之义、大人不为",同时于此而又认许权道,非思想上之矛盾乎?以意推之,若以孟子为直觉论者,则不能不为显然之矛盾。何则,若以仁义礼智为直觉的原理,定为各个独立之道,则取其一而弃其他,固尽人而知其非。然而孟子则竟为之。此即彼之取直觉论。而又趋向目的论之所以也。盖天下之事变无常,果其情有可原,则弃义而取仁,或弃小善而取大善,自当为世事人情之所许。此即以直觉论之立场,一变而为目的论之明证。观其论舜对其父瞽瞍杀人之例,而云:"窃负而逃,遵海滨而处。"(《尽心上》)此为弃义(为政者之义务)而取仁(孝),即弃小善而取大善之明证。观此则彼之甘受直觉论与目的论弃取无常之非难,盖显然矣。

**五伦说** 孟子之论本务及德,有所谓五伦说。五伦说,为其本务论之一面,孟子则以父子之亲、君臣之义、夫妇之别、长幼之序、朋友之信五者当之。所谓"父子有亲、君臣有义、夫妇有别、长幼有序、朋友有信"是也。从又一面观之,人类社会之生活关系,总之不离父子、君臣、夫妇、长幼、朋友之五形式,其必要之德,为亲、义、别、序、信,故曰五伦。此名称为孟子所特定。伦字从人从仑,仑为参差不齐之义,五伦即按五者之关系而应之以各个相当之道是也。

所当注意者,《论语》《中庸》皆以君臣之关系为最上位,而《孟子》则以父子之亲易之,此由孟子之民主思想而来。盖国家以民为本，民各有家，家以父子之关系为第一位，故人伦之关系，父子最先而君臣最后。尤其置父子关系于其他彝伦之上，此当为其轻视君臣关系之一点，反于孔子、子思之尊王主义而为孟子之民主主义，无俟赘言者也。

此外有以孟子仁义礼智之四德并信而以五常名之，此当属于德论之一面，是等之区分，殆由孔子之仁，曾子之仁义沿袭而成者也。

## 三、修为论

孟子之修为论，自其根本思想之性善论发出。其理由，以所谓修为者，要之不外品性之确立与理想之体得。以此推论孟子之伦理说时，则修为之要，当不外抑制其掩蔽善性之物态，而完成其仁义礼智之天德而已。故彼之性善论，于修为论上，显然为一基础的假定。

由孟子之言推之，在道德本体上，尧舜与人，概无何等之差异。盖皆禀受同一之性，有均等之性善，而具足此四端之心故也。惟以物欲之为害，凡人以下，往往受其影响，不能日新又新而成为君子。故人但能努力抑制此物欲而扩充其四端，则以凡民而为尧舜，并非难事。此即彼之修为论之可能与特色也。

孟子修德之方法，大别之为消极、积极之二方面。消极的方法，（一）寡欲；（二）知言；（三）求放心。积极的方法，（一）

存夜气；（二）善气；（三）扩充四端。消极的方法，对于吾人之心，在遏绝其不善之诱惑，而积极的方法，不外助长发挥其善之端绪而已。

**消极的修为法** 孟子修为法之内容，总之不外抑制其掩蔽良心之物欲，而助长发达其善之端。消极的修为法，属于前者。盖不抑制其蔽善之物欲，则修法之基础，难望成立故也。何以抑之？其首要功夫，厥为寡欲。

（一）寡欲 此语当读如字为寡欲。然则何故多欲为不合，盖多欲则动辄有害其本心之善故也。本来人各禀受先天良心之善而生，本质至为纯洁。然而外物之诱惑，日夜闪耀密接于耳目口鼻之前，因而于不知不觉之间，此心遂为所动，久之则失其本心之光明，如道路然，一不率由，则杂草丛生。此即多欲之为害，而修为者之所当注意也。果能竭力消弭，则其病自消而不至为本心之害。此即寡欲之必要与其价值之所在也。

虽然孟子此言，殆与禁欲主义有别。何则，吾人之心，欲有多种，其中有为吾人生存不可缺少之条件。如自之于色，耳之于声，口之于味，四肢之于安佚是也。此而果施断减，则个人与种族，均有立致灭亡之虞。故孟子之寡欲说，要不得与禁欲主义，混同视之。

（二）知言 所谓知言，即去四病之谓。四病,谓诐辞、淫词、邪辞、遁辞是也。诐辞，为偏颇而心有朦蔽之言，淫辞，为放荡而心有陷溺之言，邪辞，为邪僻而背叛正道之言，遁辞为窘迫而无术应付之言，以上数者，皆于修德有极大之妨害。盖人而苟日与此等言论之病态为缘，则耳濡目染，久之而品性之陶冶，遂形成于不知不觉之间。其为害于修德之道，夫岂浅鲜。

（三）求放心　放心即邪念涌出失其本心灵明之谓。此亦物欲之为害，而同复其已失之本心，即所谓求放心。孟子盖以此求放心为学问上唯一之目的。观其言曰："仁，人心也，义，人路也。舍其路而弗由，放其心而不知求，哀哉……学问之道无他，求其放心而已矣。"（《告子上》），此即其明证也。

上述三者，为消极的修为功夫，次再论其积极的方面。

**积极的修为法**　积极的修为法，以良心之发挥助长为对象，即所谓存夜气、养气、扩充三者是也。

（一）存夜气　夜气，一云"平旦之气"，即未与物接时其本体清明之气也，存即保守此态使之勿失而已。此修为法，为孟子独得而最感兴趣之事。以孟子之意推之，则人于画间眼帘开张，即当镇日工作之际，种种物象，接于感官，而本心为之动摇，久之遂消灭于无形。然至夜间万籁俱寂，或清晨睡眼初醒，此时则心地澄清，精神静穆，些须邪念，不萦于怀，斯即所谓夜气是也。盖此为人心本然之姿态。此气渐渐存养，积之愈厚，于画间亦能制御物欲，而良心之善，用能日新又新发挥光大而不自知，久之遂体得其仁义礼智于一身。此即存养夜气之成功也。

（二）养气　此即养浩然之气。然则浩然之气为何？孟子释之，其言如下："其为气也，至大至刚，以直养而无害，则塞于天地之间。其为气也，配义与道，无是，馁也。是集义所生者，非义袭而取之也。行有不慊于心，则馁矣。"(《公孙丑上》)，由此观之，第一，浩然之气，其不同于血气之勇及区区一朝夕之勇气，可以判明。何则，有道义为气之助，其不同于血气之勇可知，又此气由多年之积义而生，其非一朝一夕之道德勇气又可知也。故若为之权衡定义，则此气直可谓基于自身实证之至大道义的勇气。盖真的勇气，第一必为体验的，充实内部而有余，第二必为道义的，俯仰天地而不愧，而三即至大至刚，朱子所谓"不可限量不可屈挠"者是也。

进而言之，孟子浩然之气，即其所谓被帅于志之气。志即今日所谓之理想，而气即今日之意志，总之不出道德上大勇之自身。此惟富贵不能淫，贫贱不能移，威武不能屈者始足以当之。

由是以观，孟子殆以养成道德意力为信念，而其养成之法，固不能舍积义而他求也。

(三) 扩充　在积极的修为法中，扩充亦为不可疏忽之一。扩充云者，即发挥充实仁义礼智之四端。换言之，为培养发展其恻隐、羞恶、辞让、是非之四心，使之达于绝顶而已。盖惟积修为而不息，久之始能到达仁义之究竟。又此修为之目，或竟视为赘疣，亦未可知。何则，从狭义之解，则四端扩充功夫，亦经可为修为之解释，依此则本项之条举，岂非等于赘疣。而从广义解之，则修为当为到达仁义之方案，如是则扩充当为发达培养之手段而为其功夫之一端。宇野学士即采此见地立言者也。

以上关于孟子伦理说之叙述，业经终了，所当注意者，在此思想中，有为宋儒复性说前驱之一，即"反性说"之存在。此于孟子所谓"尧舜性者也，汤武反之也"之言而知之。反之，谓反其性，即全其本性之谓。此句意义，谓尧舜体性而为生成之善，反是而殷汤周武，则反性于身而为修成之善，其造诣固自不同也。

进而言之，人若依前述消极积极之修为法以修法时，结果自有全其本性之可能。此即孟子之所谓反性也。何则，依寡欲、存养之修为，而谓有不能全其本然之性者，夫谁信之。

虽然孟子之反性说与宋儒之复性说，其本义本不尽同。何则，宋儒之复性说，受佛教哲学之影响，显然为抽象的、形而上学的意味，而孟子之反性说，殊不若是之深远。故以此为宋儒复性说之一端，尚无不可。

**补** 孟子与告子之论争——纲岛一郎氏

关于孟子性理论所当注意者，为彼与告子有名之对论。

第一，为性杞柳说之对论。告子曰："性犹杞柳也，义犹杯棬也。以人性为仁义，犹以杞柳为杯棬。"告子之意以为人性本无仁义，其后而有仁义者，宛如揉绾杞柳而为一种杯棬之什物，毕竟不外人力生作而成，一似杞柳非即为杯桮棬也者。虽然，假设杞柳一无可为杯棬之性能，何以一经矫揉而杯棬即如式以就？从正面言之，假设人性本无仁义之性能，何以一施人为之教化作用，而仁义即与念俱来？人为不能自无而之有，依据斯说，则告子仁义作为之见，毕竟犹是顺人性而为施设之义。但是告子本意，是否如斯，未能遽下判断。假使告子本意，果如上述之意味，则如孟子所下之驳论，实为自批其类而已。孟子之言曰："子能顺杞柳之性而以为杞棬乎？将戕贼杞柳而以为杯棬也？如将戕贼杞柳而以为杯棬，则亦将戕贼人而以为仁义欤？"此言对于告子是否为有力之驳论，为另一事。总之孟子所谓仁义，由顺性、助性而来，非由逆性、害性而见，其为道破真理，殆毫无疑义。

第二，为性湍水说之对论。告子曰："性犹湍水也，决诸东方则东流，决诸西方则西流，人性之无分于善不善也，犹水之无分于东西也。"其意以人性固人之利导而可以为善亦可以为恶，换言之，即人性本来兼具善恶两性或至少而有善恶两者之素质。此为告子之主张。对此而孟子之论则如下述。以为："水信无分于东西，无分于上下乎？人性之善也，犹水之就下也，人无有不善，水无有不下。"今夫水，搏而跃之，可使过颡，激而行之，可使在山，是岂水之性哉？其势则然也。人之可使为不善，其性亦犹是也。"孟子此言，直用敌之话柄，而自掉弄其机智辨才，抹煞一切。此章之论，归入孟子自家之性善论，最为适当。就水之下而借以喻性，至于性何故为善，何故告子性善恶两在之见为误，概未论及，毕竟为无意义的取譬，而与独断空论等价而已。此非真实之议论，而余辈则以告子之见为尚属允当。

第三，为生即性说之对论。告子曰："生之谓性。"此告子离去善恶问题另开一面而论性之意义者也。其意若曰：所谓性者，毕竟外感觉、知觉，运动各种活动之总称。亦即不外"初物原理"之谓。舍此动物原理，即无所谓性。孟子对于告子"生之谓性"之意，先诘以所谓"生之谓性"，是否如雪、羽及玉一切之白者同谓之白而无差别。待告子答之曰"然"，而即下反诘的断案，曰："然则犬之性犹牛之性，牛之性犹人之性欤？"云云，依告子之所见，则性即动物原理之本体，所以凡具有此动物的原理者，则犬、牛与人，不能不凭其抽象之一点而认为皆同。因而孟子此段之驳论，对于告子之本旨为无关痛痒，告子勿宁夷然以"如汝所云"答之。孟子踏破告子议论之要点，即据其"生之谓性"根本一语而下驳论。其意有如下述："其真生（动物原理之本体）能包括性之全体乎？至少人性，非超出动物的原理，或具有特殊的性能乎？"云云是也。孟子之意，当如希腊学者亚里斯多德所谓：人有超乎动植物共通之原理，更进而有所谓"理性之一种特殊性能，如是则人自有所以为人之唯一的品位、目的，所以人既成为人，当然与他之犬、牛动物的原理有殊，而其特点，即在具有特殊性能之一事，即所谓"仁义之性"

是也。此即孟子立言，与告子立言，根本违反之所在。只以孟子驳论之方稍差，未能将此本意发挥而出，为可惜耳。

第四，关于仁内义外问题之推论。告子曰："食色性也，仁内也，非外也，义外也，非内也。"此由前段告子之见地——性即初物原理的本体观之，则以食色之本能欲为性，殆毫不足怪。告子更以吾人仁爱之心与食色之欲，均发自内部自然之冲动，故曰仁内。而义则异是，义自外来而为我心之准绳，有视事宜而为应付之意，故曰义外。彼更解仁内义外之心，曰：彼长而我长之，非有长于我也，犹彼白而我白之，从其白于外也，故谓之外也。曰长曰白，毕竟皆为我心以外之标准，义不过就此外的标准以为从违而已。此与食色之欲、仁爱之情，根诸内心而出于自然之要求者异也。

孟子驳之曰："白马之白也，无以异于白人之白也，不识长马之长也，无以异于长人之长欤？且谓长者义乎？长之者义乎？"孟子之意，盖谓：吾人对于马之白与人之白，则无容歧视，至于马之长与人之长，其间不能不有轻重之差别，彼置此轻重之差者，非为我心乎？非从我心所立之标准乎！为我之心，详言之，或从我心所立之标准，总之长长之外，无所谓义，此即孟子视义为吾人心性之内所有事也。

告子更辩之曰："吾弟则爱之，秦人之弟则不爱也，是以我为悦者也。故谓之内。长楚人之长，亦长吾之长，是以长为悦者也。故谓之外。"是告子以仁爱为"为我之心"，以其为为我之故，故内之。义（或云敬）则难去为我之心，无人我之别，而唯以长之本事为主，故外之。孟子驳之曰："嗜秦人之炙，无以异于嗜吾炙，夫物则亦有然者也。然则嗜炙亦有外欤？"孟子此言，殆明明为背题之论。无论为自炙，抑为秦人之炙，而嗜之之心，皆直接以我为主而为"为我之心"，此本告子仁内之见地，何待复述。孟子攻击之要点，殊不在是勿宁改易其词而为："告子仁爱之心，果然为我之一面乎？如其然也，何故只认为我之一面为性内乎？"如是尚足以见立说之有意义也。

要之此段之论点，告子专著眼于仁爱之本能、冲动、自发的一面，简言之，即主观之一面，又其只见为我之一面，而与食色之本能欲，均属性以内事，义则与吾人自然之冲动、情欲异，而有客观的性质，故以此为性外之事，简言之，即客观之一面，而直断为性外者也。告子之所谓外，亦即客观的意义，别无可以非难之点，所惜者即外字语病耳，亦即以客观的义为吾人心性以外所有耳。告子受病于此"外"之一字，而以义为吾人心性以外之物，此为其受病之总因。孟子则一面认义之客观性，一面则以为吾人心性之所固有，称为卓见，讵云不宜。（《春秋伦理思想史》）

# 第四章 政治思想

前述孔子之政治说，即其伦理说——仁之社会的应用，孟子之政治说同之，盖亦不外其伦理说仁义论之社会的应用也。故孟子以德化斯民为王者之政治理想与主义，亦犹孔子以德教为政治终极之目的，以德治为其主义，子思以诚为原理，以德化为政治之理想与主义也。此于《孟子》开篇对梁惠王之问"王何必曰利，亦有仁义而已矣"之言而知之。故孟子政治说之根本，与《大学》《中庸》《论语》所记之思想，大体相同，即其方法主义上所谓"先修己而后治人"之旨，亦大体无殊。

虽然孟子之政治说，亦如其伦理说之别具色彩，而与《大学》《中庸》《论语》之政治思想异趣。综其政治思想之各方面，即（一）高唱王道论；（二）盛论利用厚生；（三）企图道德经济之调和；（四）鼓吹民主主义诸点。而此则显然与孔子之罕言利及尊王主义异趣。

## 一、王道论

**王道之理想** 所谓王道，即孟子政治说理想之自身，别言之曰仁政。然则王道及仁政为何？依孟子之所见，则不外于"推不忍之心以行不忍之政"。然则"推不忍之心"又如何？孟子则以"老吾老，以及人之老；幼吾幼，以及人之幼。天下可运于掌"（《梁惠王上》）说明之。而此亦正不外孔子之恕。行不忍之政又如何？此即本四端之心而施之政治，换言之，即使斯民生活充裕养生送死各无遗憾之政治，总之不外增进人民之安宁幸福而已。

但此之利用厚生，不得误为孟子政治之究竟目的。孟子政治之究竟目的，尚别有所在，即使斯民而为仁义礼让之民也。利用厚生，不过为其准备及应用手段而已。此由孟子"养生送死虽无憾，王道之始"（《梁惠王上》）之言而知之。

所当注意者，孟子利用厚生及安宁幸福之企图，与管仲、晏子之功利说，是否为同一之问题。吾人于此，苟一为比较两者之思想，不难判明。其理由，孟子之功利，不过为王道之手段，且以图人民一般之功利为主旨。管晏之功利说，则功利之本身即目的，道德为手段，不特此也，其功利不外富国强兵，尤其在于谋国家及王侯之功利而止。此之功利，与孟子高唱为人民之功利，绝难强同。故孟子之利用厚生与管晏之功利说，根本之歧异,不容掩也。

虽然,以此比于孔子之政治思想,则又不同。孟子于思想中有功利之观念,对于孔子之罕言"利",认为极重大的政治条件而从始主张者也。故由此点,则孟子之政治思想,比于孔子之思想,确乎有进。然此亦非孟子之独创,勿宁视为三代伦理思想之复兴。何则,于前"《论语》研究"之条件下,在孔子以前之儒教中,此功利思想,固有极强烈的表现也。

要之、孟子置政治之究竟理想于仁义,为其第一目的,因而唱道利用厚生之功利说,以此为其应用之手段。

**补　王霸之区别**

关于王道论之本质,首论究者,为王霸之异同。孟子乃唱王道论者,故其鄙夷霸道为最甚。王霸之辨,为其倾注全力之一端。

孟子之言曰:"以力假仁者霸……以德行仁者王。"此言霸者以功利为目的,以道德为手段工具,王者则专以德报民者也。何则,霸之目的为富国强兵,其手段为力,道德则非其意念所及之事。王道反之,以道为目的,而以德治为其重要手段故也。因而两者之结果,霸道则能立奇动,而不能心服其民,故随时可见霸业之崩溃。王者则心服其民,由衷心而感化之,胥人我而共营其平安乐利之生活,此则为其责任当然之事。孟子即依据此点而卑视霸道、鼓吹王道主义者也。

**王道之方法** 孟子王道之理想,在于广布德教,使民遂其养生送死之愿。而其方法如何?彼则对于此问而以制民之产使其衣食无缺为先。盖民无恒产斯无恒心也。是以制恒产为王道之先决问题。

然则制产之方策如何?孟子则以四者答之。即(一)行井田之法;(二)轻减租税;(三)数罟斧斤之禁;(四)农时之尊重是也。更详述之,第一,行井田之法,使民生活之有赖。井田之法:以一井九百亩之地,分为九区,中一区为公田,其他八区,分与八家为私田。公田则八家协力所耕而纳其收获于官者也。此田则以时而易其制,如夏之贡、殷之助、周之彻,皆井田之法,随时代而易施也。又别建室家,使营园林,为五亩之宅。此为不易之制。即《孟子》所云:"五亩之宅,树之以桑,五十者可以衣帛矣。鸡豚狗彘之畜,无失其时,七十者可以食肉矣。百亩之田,勿夺其时,数口之家,可以无饥矣。"(《梁惠王上》)各种规划是也。第二,轻减租税,以休养民力。盖赋敛若重,无论如何良田美制,不过徒苦吾民而已。此"薄税敛",所以与"省刑罚"(《梁惠王上》)并重也。第三,数罟斧斤之禁,此设禁令防民之乱网鱼鳖擅伐山林也。盖欲永远保证人民衣食之无缺,则此池沼山林之厉禁,极为必要。所谓"数罟不入洿池,鱼鳖不可胜食,斧斤以时入山林,材木不可胜用"(《梁惠王上》)是也。第四,农时之尊重,所以防乱命役民,夺农时而绝民食也。此在战国之世,尤为必要。盖任王侯之意旨,夺民之时使之不得尽力于田亩，则废时失业，其影响于民食者至大。《孟子》所谓："不远晨时，谷不可胜食。"（《梁惠王上》）其以此也。

以上为孟子王道方法重要之事项，彼又推论其结果如下。"七十者衣帛食肉，黎民不饥不寒，然而不王者，未之有也。"观此则王道入手之作法，其重要所在，可以明了。但孟子之王道，其究竟理想，在于使斯民为仁义礼让之民，是以仅如上述之四项，不能为满足，尤要者要于教育。故孟子又有下列之议论。即"庠序之教，申之以孝悌之义，颁白者不负戴于道路矣"。斯即说明仁义之教必为政治之必要也。孟子复归纳其作法及明效而为如次之言论。"王如施仁政于民，省刑罚，薄税敛，深耕易耨，壮者以暇日修其孝悌忠信，入以事其父兄，出以事其长上，可使制梃以挞秦、楚之坚甲利兵矣。"（《梁惠王上》）此言王者之富国强兵，一一从教化而来。要之孟子之王道，不外以养生送死之法，而导之以仁义礼让之教而已。

## 二、关于道德经济之思想

对于道德、经济二者之关系，而孟子有极允当之见解。今为解说于下。

由孟子所见，则道德与经济，即仁义与利用厚生，决非两不相涉，更进而有重要关系之存在。故就此点，则谓其较孔子之教，近于实际，亦无不可。

然则孟子于此，何故重视经济一面乃尔乎？此可三方面言之。

第一，孔子之教有远于实际之嫌。何则，孔子之教，总之不离乎仁，而功利一面，直视为不足挂齿，结果则去社会之实状为远，动辄邻于迂远之讥。此于孔子自身周游所到病莫能容而知之也。换言之，则孔子之教，于道德，多关精神的方面，物质方面之条件，则付缺如。其极至有管晏等之功利主义，与之对峙，而得多数之同情。贤明如孟子，窥破此点，至以完成道德，不可不由经济植其基。

第二，当时之社会，多以不顾功利之道德、政治，为无用之赘物，此则一时人心最为关切之一事。若以前者孔子之教为内的缺陷，此正时代之要求，当进一步而为孔教之刷新。富于政治识见之孟子，有见于此，因而不惮为大胆之尝试。

第三，真的德化，必借经济的基础，始能一蹴而几。具斯见者，孔子遭逢不偶，与管晏之功业惊人，当为其主因也。

要之有上述之三大原因，为其重要之动机，而孟子之功利倾向，于以形成。

由斯见地，孟子殆重视道德经济两者之调和，其论恒产与恒心之关系如下。"曰：无恒产而有恒心者，惟士为能。若民则无恒产，因无恒心。苟无恒心，放僻邪侈，无不为已。"（《梁惠王上》）由此观之，施德教者，以恒心之启发为先务。而恒产之有无，则为其重要之前提。凡不先制产，使民无所凭藉，铤而走险,致触刑网者,皆孟子之所极端非难者也。此观其"及陷于罚,然后从而刑之,是罔民也"之言而益信。孟子则更进而为"仁人不为"之结论。曰:"焉有仁人在位,罔民而可为也。"其所以儆戒有位者之意深矣。

虽然孟子之真意,犹不只此,彼盖不仅以经济的完成为政治之究竟目的。如前所述,究竟目的,则进一步而为仁义之完成。故彼一面主张经济的确立,而他面则非难之以期达于仁义的高潮。但此非谓忘仁义而驰逐功利之途也。观其言曰:"饮食之人,则人贱之矣,为其养小以失大也。"(《告子上》)此斥忘道德而专意厚生之非也。所谓"失大",即失其仁义之意。由斯言推之,在不失仁义之范围而谈经济,敢断言为孟子所不罪,或反而为其所期许,亦意中事。此则不可不一为注意也。

由此点观之,孟子殆为熏心富贵利达者卜针砭。何则?就利就善,最初不过一念之差,而其后则为舜为蹠,高下判若霄壤。毕竟迷于物欲,即不能不失其本心也。观其言曰:"鸡鸣而起者,孳孳为善者,舜之徒也。鸡鸣而起,孳孳为利者,蹠之徒也。欲知舜与蹠之分,无他,善与利之间也。"(《尽心上》)其示人以慎于善恶之动机,何等深切。

要之,孟子就道德经济之关系以明经济之必要。此非理解经济之真义,确认经济道德之有真正关系者,不能为此透切之言论。

## 三、民主思想

最后孟子政治思想中应特记者,即关于民主主义的思想。诚然,此思想非孟子所独创,而为继承中国古代之传统,特至孟子而始侪然为强烈的彻底的说明。

虽然,以此比于孔子、子思等之思想,非无一种特异之观。何则?孔子、子思思想,显然为尊王主义的表征。故孟子之民主思想,视为直接受自三代思想为至当。盖三代禅议放伐之思想及实例,与政治上之天命说,交互错综,而始形成孟子之民主思想故也。

然则孟子如何而为民主思想之提倡乎?即何故反于孔子、子思等之尊王主义而为民主主义乎?不待言,其中有种种原因。且他人之思想生活,亦未许他人妄加臆测,而余之所解者,则有主要之四因。

其一,为孟子自身个性境遇之所为。何则?孟子之异于孔子、曾子、子思诸人者,即其人格之色彩,富有权利义务之观念,且最饶兴味于政治牧民之事业。至其自身,非有何等门阀之关系,乃自然反动于世袭的专制政治,及君主之利己主义政治,而至积极主张其贤人政治(法治)与民主政治故也。此观于其"舜何人也,予何人也"(《滕文公上》)之豪语而益信其不谬。

其二,为天命说之确信。所谓天命说,即天命有德、施治保民之谓。若为政者而至违反天意，不顾危及民众之安宁幸福时，则已失其为政之本职，因而大行放伐，此岂惟不悖于理，宁可谓为法天之信念所使然。

其三，为彼之国家观念所使然。即依孟子之所见，则"有民而后有国，有国后有君"，依此顺序而始有政治。换言之，则人民为国家成立之主要素。因而君主必为"保障人民"之君主。政治亦必为"保障人民"之政治，殆非过言。

其四，为时代之反动。何则？时至战国，王侯只为己身而图富国强兵，策士亦只为王侯而唱合纵连横，人民则徒饱尝涂炭倒悬之苦而已。何以拯之？除有德有位布德教于全国无他法。此亦孟子民主主义之一原因也。

由上述之种种动机，而始成为孟子之民主思想，彼固基础国家观念重民而轻君者也。观其言曰："民为贵，社稷次之，君为轻。"（《尽心下》），此言民为国本，有民、有社稷，而君始得存在。民为本而君为末，亦即民之幸福为本，而君主之幸福为末也。故孟子之思想，与今日政治学上之君主机关说及德谟克列西之民治说为一致。而此思想亦由古代传统而来。

民贵君轻之思想，应于中国之国家观念，即国家形成之必要而生。何则？中国国家之形成，与日本民族、血族的国家异趣，直言之中国可视为征服的、掠夺的国家。君主与人民，其间并无何等融合一体的条件故也。即中国国家之成立，其始由多数异种族，被征于某种优秀之种族，而其种族中之有特长者，因众望攸归而始受任为君主。故与自初具备大义名分之日本国家,其性质迥殊。直言之,中国君主,不过为便宜主义之产物,即显然为一种机关而已。然则所谓民为本而君为末及民重而君轻者,不能不为事实之当然。而形成此种合理的典型者,为后所述"民意即天意"之思想。

中国天命说之存在,前已屡有声述。而天命说,有寿命(气数之命)与性命(人类禀受营生之本持与法则)之两方面,而完全发达此性命之理,及保持其气数之命者,皆有需于干涉、保护、监督之天。虽然天非自为干涉、保护、监督也,乃锡命于生民中性命之理最为完全发达者,换言之,即聪明睿知而有德者。而膺受此天命者,则为天子。故天子之任务,在努力于代天保民之天职。假设天子而有违命怠职之时,则为有名无实之天子。而其他之有德有能者,可径取而代之,此不得为非理,且勿宁为承运奉天。汤武之放伐,即适合此旨者也。昔者孟子曾据此理以非难桀纣而肯定汤武,观其与齐宣王问答之言谕如下。"齐宣王问曰:'汤放桀,武王伐纣,有诸?'孟子对曰:'于传有之。'曰:'臣弑其君,可乎?'曰:'贼仁者谓之贼,贼义者谓之残,残贼之人,谓之一夫。闻诛一夫纣矣,未闻弑君也!'"(《梁惠王下》)

次之为"天意即民意"之思想,此义曾揭载于《周书·泰誓篇》,所谓"天视自我民视,天听自我民听"是也。而孟子采用之,为其民主思想之中坚。

然则孟子之民主思想,即以彼之国家观、天命说以及天意即民意说为基础,而发挥光大者也。即彼之本务论,亦置父子关系于君臣关系之上,非无故也。

孟子之政治说,要之尽于上述之三点,此外彼又盛唱举贤说。举贤者,尊德礼才,使之分襄庶政者也。孟子关于此之言论如下:"仁则荣,不仁则辱,今恶辱而居不仁,是犹恶湿而居下也。如恶之,莫如贵德而尊士,贤者在位,能者在职。国家闲暇,及是时,明其政刑,虽大国必畏之矣。"(《公孙丑上》)又"尊贤使能,俊傑在位,则天下之士皆悦,而愿立于其朝矣。"(同上篇)此皆提倡贤能之举用,即人材登用之必要与其价值以为有位者劝也。

上述人材登用之思想,与《大学》《中庸》《论语》为一致。盖此为德治主义、仁政主义必然之产物也。

# 第五章 其他之思想

载在《孟子》七篇中之思想,以上述各节为其主要之事项,此外尚有二三应当注意者。即(一)关于爱之思想;(二)关于中之思想;(三)关于善之思想;(四)心理论。今依次述其概略以终吾笔。

**关于爱之思想** 孔子关于爱之一字,一方主张差别的爱,而他方则又盛论平等的爱。其见于论语者,如"泛爱众而亲仁"(《学而篇》),"四海之内,皆兄弟也"(《颜渊篇》)是也。孟子反之,彼则阐明唯一差别的爱之真相,高标极显著的差等性。何则?孟子以有差等为爱之本性,一视同仁之平等爱,非其真态故也。故彼对于墨者夷子"爱无差等,施由亲始"之问,而以是否由衷之言反诘之。即"徐子(孟子弟子,名辟)以告夷子,夷子曰:'儒者之道,古之人"若保赤子",此言何谓也?之(夷子名)则以为爱无差等,施由亲始。'徐子以告孟子。孟子曰:

'夫夷子信以为人之亲其兄之子,为若亲其邻之赤子乎?'"(《滕文公上》)一段关于爱之问答是也。又其论差等之爱曰:"君子之于物也,爱之而弗仁。于民也,仁之而弗亲。亲亲而仁民,仁民而爱物。"(《尽心上》)其为理想的平等之爱,而实际则仍为差别的,益可证明。此则孟子以义配仁,并称仁义之由来。何则?所谓义者,总之不外差别的原理而已。

**关于中之思想** 发于三代,经孔子、子思相传之中的观念,至孟子则如何?孟子认鲁贤子莫之执中为近,惟以此等不达权变,不识时宜,非执中而实则执一者,卒不免有害道之虞。

然则孟子之所谓中者如何?彼则以"权"之一字当之。此所谓权,换言之,即中庸的表现。孟子关于权之内容,虽未明言。总之不外变通时措之意。此观于下文评论杨、墨、子莫诸贤之已事而可知也。"孟子曰:杨子取为我,拔一毛而利天下,不为也。墨子兼爱,摩顶放踵,利天下为之。子莫执中,执中为近之。执中无权,犹执一也。所恶执一者,为其贼道也,举一而废百也。"(《尽心上》),杨墨之各偏于一方固非,子莫之执中无权,又宁得为是。举一废百,正以见执一之不可,而权之一字所以为中道之妙用也。

**关于善之思想** 孟子又就善、美、信三者,而发抒其卓越之见解。此于答浩生不害之问而知之。"浩生不害问曰:'……何谓善?何谓信?'孟子曰:'可欲之谓善,有诸己之谓信,充实之谓美,充实而有光辉之谓大,大而化之之谓圣,圣而不可知之之谓神。'"(《尽心下》)其发端甚微,而其成功则甚伟,步步形容,亦可谓惟妙惟肖矣。

抑所谓善者,"可欲"之谓。以今之言词表之,要之不外当然之理想。西洋哲学者斯宾挪莎,曾有"善非欲望,当然之欲望为善",此与孟子可欲为善之言,若合符节。诚有味乎其言之也。

**心理观** 孟子之心理观,似吻合于希腊大哲柏拉图之心理说。孟子以吾人之心,有志、气、欲之三种,志者帅气,示吾人前进之目的方面,气者随志之命令以为活动,而此二者融合之状态,即所谓浩然之气。只以孟子对于欲之位置分际,未曾明析,故其内容终属茫然。后之学者,有时认为消极的背德之作法,亦有时视为辅助道德之行动。而兹所谓之志,即今日之理性及理想,气属意志之方面,欲属情欲之方面。又以此比于柏拉图之心理说,则志当其理性,气当其职能,而欲则相当于其欲者也。

# 第六章 《孟子》之批评

孟子之伦理、政治思想，导源于孔子、子思，而出自其一身之独创者，亦颇不少。故由某种意义言，可视为进步，由另一种意义言，亦不无邻于反恶之处。今姑就其学说中长短之重要者，略一言之。先论所长。

第一，其性善论中之四端扩充说，与今日之实现说为一致。即人性本具道德完成显著之四端，而扩充之则为仁义礼智，简言之则为仁义完成之德。此明为一种人格实现说。而子思于"率性为道"之论，尚未提示及此，孟子则已确实而表明之。

第二，为仁义并称论。何故"仁义并称论"为孟子伦理说之所长？此由孔子伦理基础之仁，动辄以客观条件之未备，致有陷于误解之虞。而孟子则特指出富有客观伸缩性之义，于以补救其弱点。但此仁义并立论，颇似将孔子之思想而改恶者。以其为直觉说之基础也。何则，依直觉说，则仁义矛盾之际，将苦无法解决故也。然而孟子则一面采取之以济孔子学说之穷。

第三，政治思想之王道论，为其特出之见解。何则，孔子之教，动辄陷于纯然道德至上主义，而忽视功利经济的实施，孟子则一面高唱究竟理想之王道，而又重视其养生送死手段之一面，此则所以调和道德、经济之问题，不能不为孟子之卓见。

次再就其学说之所短者，摘示一二。

第一，则性善说明明有思想矛盾之存在。盖性善说为直觉说与实现说两种思想之揉合，而均之为不澈底。即直觉说为"性善"、反"孩提知爱，稍长知敬"之一面，总之为先天良心说。而此果为孟子之真意，则又无以解于四端扩充说之反为多事。然而彼则一面主张先天良心说，而于他方又主张实现说（扩充说）者也。谓非主张之不澈底而何？

第二，主张仁义并立论而有陷于目的论之形式。即孟子立于直觉说方面，而唱仁义之并立，一面则于仁义抵触之时机，又显示其弃小义而取大义，及弃义而取仁之思想。例之其论舜父瞽瞍犯法，以为舜于其时惟有"背父而逃，遵海滨而处"之一法，其明证也。由仁义并立论，则此不能不谓为至当。盖孝（仁）则不薄于所亲，而尊一王之法（义），亦为对国之要道也。然而孟子则已弃义而取仁（孝）矣。此则由仁义之价值批判而来，而为转入目的论之明证也。

第三，为民主主义之提倡。此由理论言之，决不能为有误。何则，此思想不只为中国古代思想之复活，即其利用天命说于政治时，其理由亦不外是。然而孔子则否认之。因而由孔子之教义言之，则此自当列入下乘之数。

要之孟子之伦理政治与其他之思想，将包含于儒教中之一切思想，概归宿达于善恶行为而止，此为充分表明儒教之真面目。故原始儒教之发达，兴于三代而实则结实于孟子者也。至如宋儒之说，则兴春秋之儒教大异其旨矣。

# 第五篇 儒家之根本思想

## 第一章 何谓儒教

上开第一篇至第四篇之所论述者，为《大学》《中庸》《论语》《孟子》之个别的研究。故其中有思想上应系统叙述而强行分割者有明认为重复而不能省略者，又有应行扩大精细论究之事项，而以兴他部均衡之故、不能详举者。例之散见于四书之（一）天；（二）性；（三）道；（四）教等观念是也。而此皆属特殊的研究，非可忽视。因而本书特设此篇，就上述之四项而为详密的研究。

继而思之，研究此等特殊之事项，所有四书五经具体表象。儒教之自身者，先使一般明悉为至要。因而先就"何谓儒教"之概念，略为申说，然后就各个之事项阐明之。

**何谓儒教** 对于"何谓儒教"之问，有从诸种方面考究之必要。先就字义言之，"儒"之文字始见于载籍者，以《周礼》为始。即《周官》天官大宰之职中，有"以九两盘邦国之民"

一语，其第四为"儒以道得民"。此即其始见也。然则其字义如何？郑玄注："儒，诸侯保氏，以六艺教民者。"依此则儒为教六艺之诸侯保氏（学官）。贾公彦疏："诸侯师氏之下，又置三保氏之官，不兴天子保氏同名，故号曰儒。掌养国子以道德，故云以道得民。民亦谓学子也。"此以养国子以道德一职，在诸侯师氏之下，而为保氏之官。征之于此，则教六艺兴教道德者有异，而其为诸侯乘教之官名则同。更详言之，周代天子之学官所谓师氏、保氏者，而诸侯之学官，则称之为师、儒。此保氏与儒，当为异名同实，而要之为诸侯之儒官也。又所谓师者为何？《周官》有"师以贤得民"。注："师，诸侯师氏，有德行以教民者。"疏："诸侯已下，立教学之官为师氏。以有三德三行，使学子归之，故云以贤得民。民则学子是也。"此为有德行以教学子之诸侯教官（天子亦然）。位于儒及保氏之上者也。此外《论语》有"子谓子夏曰：'汝为君子儒，无为小人儒。'"此君子儒为德行文学兼备者，小人儒则有文学而德行不无稍有出入而已。又《韩诗外传》："儒者濡也，以先王涵濡其身也。"由上所引事例观之，则儒与师略同，备具学德教人而导之于善者也。换言之为修己治人之谓。又教者，邦语为"ナシヘ"，结合两者，则儒教之教义，总之不外儒者之道。

以上由语意及形式上阐明之，次之从思想史上考之，则儒教即所谓"先王之教"。此先王由尧、舜、禹、汤、文、武、周公（更上溯至伏羲、神农、黄帝），由此点言，则先王之教，当不外于此等帝王之教。而集先王之教的大成者为孔子，继承而扩张之者为子思、孟子、荀子及汉唐诸儒子，此外是异样发展之观者，宋儒之教，要亦不失其传统。

又从其起源、本质上论究之，儒教，要之其于汉族特有之先天实践性，加以自然、境遇之后天习尚，更进而加入社会、历史生活之倾向形式，积渐形成，而其本质在于修身齐家治国平天下。故其起源与中国民族同，乃德教而兼政治之要道者也。

由斯以观，可得儒教之定义如下。即儒教为中国民族本有之思想，自远三代以前，至孔子而集大成，经子思、孟子，远及宋、明、清诸儒，传播朝鲜日本，以修身、齐家、治国、平天下为理想，伦理、政治为教义者也。

**备考** 世之学者，以孔子之教与儒教同，殊不尽然。服部博士于此则立区别，余亦然之。此当详之于后。

**儒教之要义** 儒教之要义，依于三代、春秋、战国、宋明各时代之学者，其枝叶之点虽不无稍异，而其根本之思想，大体则同。即（一）其究竟的理想为道德的完成，（二）修己治人，其原理为道德与政治，（三）其手段为德本主义，（四）其修省为畏敬天命，（五）其倾向为和平主义。此五者无论其为何时，何世，亦无论其为中国、朝鲜、日本之儒教则皆同，因而儒教之根本观念，不能谓为不当。即就事实言之，三代之儒教，道德与利用厚生之观念，为极幼稚的形成。德离长人安民之事功不彰，而政治上之特长，舍德亦无由表见。又吾人而若赞许帝王之禅让放伐，则其思想中显然有宗教要素之存在。而其理想为道德完成，修己而后治人，政治与教育一致。慎修厥德，崇奉天道。以德施治，使天下之人熙熙然度其太平暇豫之岁月，此点则无论何等儒教之根本要义则皆同。又持此以观孔子之教，标榜仁道，基础孝悌，唱中庸，尊礼法，行忠恕，又罕言利，重大义名分而鼓吹尊王，以视霸道，颇受迂远之非难，而其根本要义则皆同。其他子思之诚、未发之中，既发之和，择善固执之修为，孟子之性善、仁义并立，四端扩充，良心固有寡欲养气之修为，强烈的民主主义，养生送死方面之尊重，以及荀子之性恶说等，一见甚异其趣，而其本义之为道德完成，为修己治人，然德本主义，以及政教同一，畏敬天命，希求人生和平之旨则无不同也。虽在翘然立异之宋儒理气心性思想中，上述五大要义亦俨然存在。又返观我国之儒教，其枝叶之点虽时有变更，而其理想精神则亦息息相通也。

固然上述之五大要义外，不无其他之重要观念，（一）尚中观念；（二）易世革命思想。此虽犹是孔子政惟民本之旨，而其易世革命之原则。则大异也。

要之如右所述，儒教自有其重要之共通观念，更要约之，则悉包含于修己治人二语之中。此其所以为儒教最根本的要义也。

**儒教之变迁** 从来儒教之发达变迁，凡分五期。第一期为发生及奠基时代，所谓孔子以前即三代是也。第二期为组织及大成时代，即孔子、子思、孟子、荀子之春秋战国时代。固然此时代，春秋战国之间，不无多少异趣。而其入于组织大成之阶段，则固一般之所共认也。

第三期为汉唐时代，此期之特色，非如第一期之发生奠基，亦非如第二期之组织大成，实为对上记二代之儒教经典，施以训诂注释之时期。故学者称此期为训诂及注释时代。但为别于后来之训注，而称此时代之训注为古注。第四期为宋明时代。此期之特色，于古来之儒教附加道教及佛教之思想，因而与古代儒教有显著之异彩而成为当代独特之教。即宋明儒教是也。第五期为清代。此期之特色，在于考证之一点。要之儒教如前所述经各期以至于今日，历史悠长。以下即就各期之特色及中心问题而为该括的说明。

（一）发生奠基时代（第一期）　此时代为尧、舜、禹三代及周初文武周公之时代。即此时代为中国文明奠基时代，远自伏羲、神农、黄帝创造之文化，稍稍具体，因而儒教此时则尚未至组织而大发达之时代。就中尧舜时代之德教，文武周公时代之礼，均大有可观。孔子后来之祖述尧舜，宪章文武，即为此也。然则此时代儒教之中心思想如何？可分四程如下。（一）中的观念，以此成为道德之准绳；（二）政治与道德为一致；（三）敬天法天；（四）礼让放伐民主思想之存在是也。其中当注意者，（二）之道德政治始为幼稚的调和，所谓德者，不外具有利用厚生之卓越能力，而政即施此德于民之政治行为也。

又（三）畏天法天之中，其含有道德的要素及宗教的成分，皆为明白显著之事实。而此等思想显于第二期儒教者，1.为孔子之"中庸"，子思之"诚"及"中和"，孟子之"中之权"，2.为孔子，子思之德本主义，孟子之王道主义，荀子之尊礼主义，3.为孔子之伦理的敬天说，子思之哲学的天论，4.孟子之森严的民主主义是也。故三代儒教，为后来儒教发达之根干，谓其胎息一切之思想，亦无不可。

（二）组织大成时代（第二期） 此时代如前所述，为春秋战国时代。而其特色，在于集后来偏重思想儒道之大成而为一实际教学，更由承继者——大事刷新者也。前如孔子之集大成，后如子思、孟子学说之革新。所以多数学者，以儒教为始于孔子之教及孔子。是项观察，殊非正当。何则，孔子只可为祖述尧舜、宪章文武之集大成者，又孔教与儒教之间，亦有诸多之异趣故也。唯儒教至孔子而稍有组织，实行教学而重于后世。由此点言，则谓儒教始于孔子，亦非不可。

第二期中儒教之重要观念，即孔子之仁、子思之诚、孟子之仁义、荀子之礼。固然此外子思之性道教论，孟子之性善论、四端论，又荀子之性恶论，为各个特创，成为其学说之中心特色，自不待言。而儒教本来之思想，道德完成，修己治人中之尊重，政教一致，天人合一等观念，则毫无所异。

至此期儒教特色之不可忘者，(一)日常儒教，附有哲学（形而上学）的基础。(二)三代宗教的天之观念，一转而为伦理的。

(三）德本主义之孔子，至孟子则含多最功利的要素。即（一）之哲学基础在于子思之诚论。（二）由孔子之伦理主义，而将古来之拜天、敬天、畏天命之宗教盛情的质素，一扫而空。（三）之功利主张，不能不归功于孟子之仁政主义。故认此期之儒教，依孔子之组织，较之三代儒政呈显著之进步，更由承继者之革新而日形发达为至当。

（三）训诂注释时代（第三期） 此时代互于汉、六朝及唐，而其儒者之研究，毕竟文字、章句之训诂注释的研究，较之内容发展为特别生色。故此时期之贡献，谓为经典之整理，儒道之精练，亦无不可。

（四）性理学时代（第四期） 此时代为新哲学勃兴时代。即道教佛教之思想，影响儒教，而成一种儒教特异之新哲学，于其主义之下而大张旗帜者也。故在某种特殊意义上，不能不认为有进步，而由儒教之本来思想言之，则有显著之异趣，未免邻于失其本直之虞。

此时代儒学之研究，逸出从来道德、政治的对象，而专一，于根本哲学方面之研究，即以讨究人性宇宙之关系为目的。（一）求教之本于性；（二）求性之本于宇宙；（三）进而论太极之为何，此所谓宋学之大成也。亦即宋明性理学、及理气心性学之所由起也。但同一宋明学，而程朱之学与陆王之学，其间不无多少之差异。其详细则不遑论。

（五）考证学时代（第五期） 此为有清时代。考证学者，本之汉唐训诂之学，依考证而解经书之真义，因而得窥孔孟真意之一种复古学风。此亦可为一种训诂学，要之不外文字之学。故清代无独立之哲学，因而儒教思想上之进步，则有难于承认之势。

**儒教之经典** 儒教之经典，通例皆以四书、五经当之。四书为《大学》《中庸》《论语》《孟子》。五经为《易》《书》《诗》《礼》《春秋》。五经加《乐记》一书而亦称为六经。

虽然由批评的见地观之，以四书、五经为儒教之经典，始于后世，其中非无议论之余地。何则，先就其中《大学》《中庸》言之，此二书者本《礼记》中之文，程子则离而为单行本，又加《论语》《孟子》而成为四书或四子书故也。六经则孔子自身之所删定，故由此点言，儒教之经典，主要为六经，而以四书次之为至当。唯《论语》为直接表明孔子思想之书，则此书为儒教经典之中心，亦属当然。

以上四书、五经之外，又有《周礼》《仪礼》《大戴礼》及《春秋》三传等。而此诸书亦均可窥儒教之精神，而为根本之经典。

**儒教根本之思想** 儒教中有诸多重要之思想，其最基础而最根本者，（一）关于天之思想；（二）关于性之思想；（三）关于道之思想；（四）关于教之思想。何则，儒教本来以天之信仰为基础，认天有人格的意义，以此为天地人之主宰者，同时以人为禀性于天，循是而道生，行之而教存，此则明明为儒教之原理。子思于《中庸》所论明者，要之为此等之观念。本书于次节详之。

**儒教与孔子教之别** 最后一阐儒教与孔子教之别。由意义之见地言之,孔子之教当然为儒教。故谓"孔子教为儒教",或"儒教为始于孔子",亦为至言。

而由狭义的见地言之,两者之间殆明立区别。因而依此见地,自不能径谓儒教即孔子教或孔子教即儒教。此则服部博士之所详切辨明者也。

然则儒教与孔子教之所异者为何?先一言其要点,儒教为中国民族在历史深长而发达之民族的教义,孔子教则依孔子之思想人格积累而成之世界为教义,即人道教是也。此则稍一比较孔子之教学与孔子以前之儒道,自易明了。次再摘录其主要之点。

第一,儒教附带多许民族的宗教思想,孔教则专属伦理的方面。征之事实,孔子以前之儒教中,道德的拜天思想以外,若者为民族特有之竈神,若者为人间司命之神,其他天神、地祇、人鬼种种之神,莫不有祭。又其动机,不含道德的意义,而有多许之迷信混在其间。例之依祭而为祈得一身一家之福,及依祭而为禳免灾祸,其明证也。而此皆为利己主义之产物。若孔子,其崇拜道德渊源之上帝,亦为继承此思想而来,而此外之泛滥的迷信要素,早已荡涤净尽,即将宗教一变而为伦理的宗教,其明证也。故由孔子之教,其祭人鬼,全为报本追远之诚意,而于一身一家之利己有祸福无关。盖其动机为彻底的伦理主义也。因而孔子非常重视鬼神之敬，所谓"敬鬼神而远之"是也。

第二，儒教高唱禅让放伐之民主主义，而孔子之教则发挥正名定分之尊王主义者也。但孔子言政，非不崇尚民本之旨。但此为王侯之心得示教，而非依政治上民主主义立言。何则，孔子固明认易世革命为非者也。观其于《春》秋唱大一统说，即其明证。然则孔子何故否认此易世革命思想乎？此由儒教传来之天命说，专属伦理的方面。政治上之天命说则否定之故也。然而孟、荀二子肯定之，观其昌言汤武放伐，此非其明证耶？

第三，儒教有排斥异民族之思想，孔子之教则专为人道的。即汉代以后，因种族而区别夷夏，凡非我族类者，辄目为犬羊禽兽而卑下之，以致酿成自尊排他之陋习。若孔子则不立种族之别者也。虽其文化之低下者，不无多少卑视之处，此亦文化主义使然，断非依于种族如何而定标准。且孔子不尝言"夷狄有君"，而又明明为"欲居九夷"者乎？

第四，对于天命态度解释之差异。由孔子之教，则天命为天之命令，非人力所能左右于其间。虽然无人力而得来者，则又不能为真的天命。盖人各有完成性命之义务故也。故孔子五十而知天命，其教人则"尽人事而俟天命"，即至人力之不可能时而始委托于冥冥之定数也。孟子教人亦同斯说。然而后世儒者之间，动辄不尽人事而冀获得异外之非分，此则大非孔教之本义也。

第五，对义主张之别。何则，孔子言仁而其中早含有义的要素，但仍规定平等的方面。而差等一面，则未明言。孟子之义，则充分发挥其差等性，而其为道德的要素则一。后世儒教言仁义者亦颇不少，但多含有个人实利的要素。此又孔子之教与儒教不同之一证也。

此外细小诸证，不再琐举。读者于此，亦可释然于二者区别之所在矣。

# 第二章 何谓天

依照中国民族传统之思想，则天为发生人物之原体，为母胎。故在人之人道，在地之地道，而无不渊源于在天之天道。此之究竟思想，为一切人文现象解决之基础观念。儒教然，道教亦莫不然。今观之于儒教，人者禀性于天，故各有其恒性，因而凡人皆有发挥实现此性之义务。循性而行则道立。道立则使一般率由而章明之条教以生，于是而有政、教。而申命自天，天不能直接行之，则使生民之聪明睿知而有德者代而行之，是谓天子。此时则政教集中于一人之身，政教一致，书所谓"天降下民，作之君，作之师"是也。此为儒教之根本思想。

故由中国民族言之，天为所有文化现象之究竟对象，否则至少为道德、政治、教育、宗教之对象，至为显然。

**天之意义** 古来天之名称不一，今举其主要者如次。(一)天之单称。(二)天之复称，即于本字上加附词者,如苍天、昊天、旻天、上天、皇天是。（三）天之单称而代以帝。（四）帝之复称，即于帝字上加附词者，如上帝、五帝（河图以苍帝、赤帝、黄帝、白帝、黑帝为五天帝），及天帝连称之昊天上帝、皇天上帝是。而此各有其称谓之意义，约可分为二种：一为形态物理之天，一为万物主宰之天。换言之为物理形态的天与伦理宗教的天之二种。所当注意者，所谓帝及上帝、五帝等，凡帝之复称本字上有附词者，专为主宰之义，而于物理形态之义无关。故凡具有二义者，都可解为"天"字之附词。而物理形态的解释中，亦有二三之种类。（一）四时之天；（二）象体态而名之天；（三）东西南北四方之天是也。就中苍天之天，其含义则有多种。此不仅如附词所称物理形态的一面，而亦兼有主宰的意义。尤其旻天、皇天等称，含义尤为深远。例之孟子"舜往于田，号泣于旻天于父母"（《万章上》），此之旻天，具有心情的要素。亦即具有主宰的天之意义。盖舜此时费尽心力致孝于父母，竟不得其欢心，乃呼天而诉其苦衷，一若可以获得天之重悯也者（旻悯音近，朱注：仁覆悯下，谓之旻天）。又皇天含有威命、监、临等字之义，此则显然有主宰之意义焉。

然而最具主宰、人格的意义者，无如帝、上帝以及皇天上帝、昊天上帝等称。而此之帝及上帝，司人物之生成主宰，有绝大人格的伟力，即有聪明的智慧，善美的情操、强大的意力，监观于人而操祸福之权者也。是故具此意味之天，自哲学见见言之，则为根本原理之所在。自伦理见地言之，则为道德的本源。

自宗教见地言之，则为绝对的人格神。试观孔子于人事无可如何之际，常呼号及"天"，即此意味之天也。而此天之所命者，谓之天命。

要之所谓天者，其中有物理形态的意义，有生成主宰的意义。前者包含四时之天与形态的天。后者则含人格的观念及主宰的意义，因而成为道德教育宗教之本源。

**天命** 与天之观念互应阐明者，为"天命"之观念。然则天命为何？简言之，为自天施于人物之命令。

然则天以何物而命于人物乎？此可以两言答之。（一）为气数之命；（二）为性理之命。气数之命，普通谓之寿命，性理之命，即实现人物禀受自天所与理性之命。此为天之赋与人物之两大命令。

由斯以观，天既生人及物矣，其不能不与以遂生之力及授以发达之法则，皆理势之必然也。故人物既禀生于天，即不能不有实现此生之义务。此即"天以生生为道"之所以也。

虽然斯等之解释，依于学者之派别而异。何则，依道家言，天既予人以全生之力及法则，此外即无何等保护干涉监督之必要，一切委任自然可矣。由儒教言，则天予人以各种全生之力及法则，尚有需于保护干涉监督之处。而此保护干涉监督之所在，不能不归之于主宰之天命。

综之人不有禀受之命，即不能不有实践之性。子思于《中庸》所以云"天命之谓性也"。然而性中具有发达之力与法则，循是而行则为道。《中庸》所以又言率性之谓道也。

于此有当注意者。子思之所谓"性"，即完成人生之法则，简言之为性命之理，而此决非戕害本性之性。盖天断不降施戕害人性实现之命令故也。而孟子之性善说，即由发展此思想而来。人能理解及此，则性之善恶，无再喧嚣论难之必要。盖本性当然为善故也。

以上为个人方面之天命论，总之个人除自觉其天命之性而完成之无他道。果尔则道德亦于是形成矣。其他致中和、克己复礼等词，均不过为方便之阶梯。

次由社会方面观之，天不仅以道德完成申命于各个人，于社会亦然。即天更进而使生民全体共有以全其生也。其方法，则使生民中之聪明睿智有德者，代为宣化而保护干涉监督之。盖此事本天之自身所当为，因其不能直接为之，乃不得不暂委之于生民中实践性命之先知先觉者代为之。所谓"圣人奉天命而教化斯民"是也。于是而政治教育兴焉。所谓政治即教化斯民，亦即不外道斯民以性命开发之法。故政治与教育，实际之设施无所异。不过有形式（政治）实质（教育）之差而已。此为儒教政教一致之观念。

由斯以观天命说不仅属于道德方面，实则政治方面，亦信为可能。《中庸》"天命之谓性，率性之谓道，修道之谓教"，此自道德一面言之也。易世革命之君主，其宣言"予依天命而践大位"者，亦即发表其政治方面之天命思想也。

兹再稍一考察政治上之天命说。如上述之聪明睿智有德而践大位者，若为依奉天命而行，则反于此之昏暗不德之执政者，不待言已自决其君人之资格。何则，若而人者，先无以完成其天赋之理，而顺遂其生成之命故也。历观往史，凡属昏庸祸国，政教反常，上无道揆，下无法守，于斯时也，天灾地变，纷至沓来，冥冥中一若有意促人主之觉醒者，春秋书灾变，固不能概以迷信短之也。迨至其终不觉醒时，天又若重申革命之命，别授之于聪明睿智有德者。桀纣之放伐，即此事之明证也。故在中国，革命之说，实应时势之要求而生。不只理论上为合理而已。总之有德而得位者为天命，不德而失位者亦天命也。

所当说明者，此之政治必为民主主义的设施。然则民主思想何由而起乎？此由民意即天意之思想而来。故不德而民不奉其君之命，至于去而之他，斯时之为君者，天命既去，自身亦将不保，早晚必为他之有德者取而代之，无幸免也。

独至战国之末，神感生帝此如大雅生民之诗所谓姜嫄履帝迹而生后稷之故事之说，喧嚣于时，此亦慎防易世革命之一法。神感生帝者，盖指无父而其母由五帝精气感妊而生之帝王言之也。此说在秦汉之世，极为隆盛。然则何故斯说而可以防止革命乎？神感而生之帝，既依五帝之精气而生，故其自身及其子孙，即可称引生来天帝之系统，而以生成之天子资格运命，夸示于人，若有世袭罔替举属当然之绝大理由也。究之此为帝王神权之思想。所当注意者，史称感帝迹而妊之女，非处女而皆为有夫之女，则其生育为当然。然则此思想又奚足以杜绝革命说之流行乎？！

**补　伦理上之天命说——服部宇之吉氏**

伦理上之天命说，即孔子之"五十而知天命"，信道德之在己，并自觉其为天意所属明道而启发斯民者也。其作法内则完成修己之功，外则发挥治人之业，要皆由知天命之信念涵濡而来。（《东洋伦理纲要》）

# 第三章 何为性

所谓性者,不仅为儒学根本思想之一,而其论争亦实为东洋哲学史上放一异彩。关于性说,古来有种种之异论,而其中亦不无共同一致之点。例之以性为禀于生初,各家皆同此归趣。故由此点言,则性非个人后天的获得,实则为先天的生成也。今并亦其主要之点据于下。

**补** 性为生得之典据——改订《哲学大词书》

一、《荀子》——"不可学、不可事而在人者,谓之性。"(《荀子·性恶篇》)

二、《告子》——"生之谓性。"(《孟子·告子篇》)

三、《通论》——"性者生也。"(《晋书·束皙传》《五经通论》)

四、《释文》——"性亦训生。"(唐陆德明《经典释文》)

此文《中庸》"天命之谓性",大体亦解性为生得之义。

然则性之内容(上之定义为形式的)如何?学者于此,主张亦不一致。而类别之,则有下列之五种。即(一)性善说;(二)性恶说;(三)性不可能说;(四)折衷说;(五)绝对说是也。兹论述其概略于次。

**性善说** 此说发于子思,大成于孟子,因而传于后世。然则更详细考察之,其源在于《诗·大雅》之弥性,及《古文尚书》汤诰之恒性。何则,此之弥性及恒性、要之即德性之意。德性概念,其中寓有性善之观念,至为显然。至子思言"天命之谓性",性者诚也,此已暗示善的意义之存在,不过子思未曾明言耳。至孟子则已大张性善之旗帜矣。

然则性善之内容如何?孟子以为人有生得的良能,此为人之所以为人之性,性固善也。良知良能,所谓良心之发现,以今日之言词表之,亦云道德的本能。即所谓"人之所不学而能者,其良能也。所不虑而知者,其良知也"。(《尽心上》)然则其善之确证如何?孟子则从其作用方面论断之。即观吾人天性之表现(良知良能＝良心),孩提之童即知爱亲,稍长即知敬兄,此即所谓仁义之本质。又人皆有不忍之心,此即恻隐、羞恶、辞让、是非心情之表现,由此亦可证明仁义礼智性能之潜在。故人之性,任从何点观之,都可断言为善。要之孟子之言,乃依据心性作用而断其为善非直指性之本原而言也。曰:"乃若其情，则可以为善矣，乃所谓善也。"情者性之用也，此即以用之善而断其本体之为善也。

于此有当注意之二点。（一）心性之异同；（二）孟子惟认德性为性，而他之情欲方面，则否认之。今再为进一步之观察。前之心，性云者，从意识之动静上名之。性则从其先天或后天之本质言之。此之类别有二。孟子专指德性为性而不言其他者，非举情欲方面而概否认之。彼亦认此为性之一事也（第四篇《孟子》伦理参照）。不过由孟子之所见，人之所以为人，不在情欲食色之性，而在君子之性。君子之性，即仁义之具体的表征也。何则，人之能为君子与否，全视其仁义之性对于食色之性控制实力之如何。孟子区别情欲与义理两性之言论如次。曰："口之于味也，目之于色也，耳之于声也，鼻之于臭也，四肢之于安佚也，性也，有命焉。君子不谓性也。仁之于父子也，义之于君臣也，礼之于宾主也，知之于贤者也，圣人之于天道也，命也，有性焉。君子不谓命也。"（《尽心下》）前者为情欲之性，而后者为义理之性，情欲之性，多限制于外力，义理之性，则决之于内心，故前者君子不谓之性而谓之命，后者君子不谓之命而谓之性。孟子于此，分析至为精审。

要之孟子之性善论，非溯及人性之本源，乃自心情作用上专抽出其德性一面言之耳。因而其性善论仍不过为片面的议论。

**性恶说** 此为荀子之说，乃反对孟子之性善说而别树旗帜者也。孟子之性善说，本于诗之弥性、书之恒性，荀子之性恶说，则承继《尚书·召诰》节性之系统，而以情欲为性者也。

孟子之性善说，依据良心之作用立言，荀子之性恶说，则基础情欲一面，视其作用之表现如何而下判断也。故自其基础与其结果言之，取经各异，而其经过之形式则同。荀子以为"人性恶，其善者伪也"。然则其由来如何？荀子则从二方面解答之。（一）人类有发生恶果情欲之存在；（二）社会有诸般礼义之防闲是也。观其言曰："今人之性，生而有好利焉，顺是故争夺生而辞让亡焉。生而有疾恶焉，顺是故残贼生而忠信亡焉。生而有耳目之欲、有好声色焉，顺是故淫乱生而礼义文理亡焉。然则从人之性，顺人之情，必出于争夺，合于犯分夺理而归于暴。故必有师法之化，礼义之道，然后出于辞让、合于文理而归于治。用此观之，然则人之性恶明矣，其善者伪也。"（《荀子·性恶篇》）又尧问于舜曰："人情如何？舜对曰：'人情甚不美，又何问焉？妻子具而孝衰于亲，嗜欲得而信衰于友，爵禄盈而忠衰于君。人之情乎！人之情乎！甚不美，又何问焉？唯贤者为不然！'"（同上篇）要之荀子以人有生恶之情欲（生物的情欲、个人的情欲），故有礼义防闲之必要。由情欲之内蕴及礼义之外维二点观之，则人性之为恶，亦何待言。此之论法与孟子同。唯其起点本异，故其结果遂成霄壤悬殊之观。

兹再依据两家之学说而一为申论。依孟子之所见，性善则扩充其善性之四端为已足。荀子反之，性恶则以礼义制之，久之则积伪而化于圣。故曰："人性恶，其善者伪也。积伪而化，谓之圣。"所谓伪者，要之为训练陶冶的意志。及其成功，则为第二天性之习惯矣。即性虽恶，积人力而不懈，则自然优游渐达于不思不勉从容中道之圣域。于是有从而非难者，人性本恶，则无可以为善之理由。不知荀子于他面，非不承认吾人有认知礼义之"质"，及发挥此能力之"具"也。换言之，荀子认许善之要素质具之存在，亦犹孟子认许恶之要素情欲之存在也。故积伪而为圣，荀子立言，亦非不合于论理。但其根柢之成为二元论，亦实无容讳言。故荀子又有如次之言论。"人无论圣凡，皆有可以为善之质具。但圣人能积伪，而凡人则否。故圣贤善恶之相去，有至倍蓰什佰千万而无算者。此岂圣人之性善，而凡人之性恶哉？人性均恶，不以圣凡而有殊也。"（服部博士《东洋伦理纲要》）

于此又有新问题起焉。即荀子所谓质与具者，性乎伪乎？荀子于此则无明了之解答。倘认此质与具为先天的生得，即不能不认此质与具为性之变名。如是而荀子之言益陷于二元论，即显然容许性有可以为善可以为恶两面之理由也。

加之荀子推原礼义之所由生，不啻自摧毁其性恶说之立场。何则，彼以礼义之起原，一面出于圣人之作为，一面又为因人情而起故也。观其言曰："三年之丧，称情而立文，所以为到痛极也。"（《荀子·礼论》）此非认许吾人有向善之情操而何。

要之荀子唱性恶说，而一面又认许性善说之要素，亦如孟子之唱性善说，同时而又认许性恶说之要素也。故两者均不能为严密之性论，其贻后世学者之非难宜矣。

**补** 孟、荀二子之性论比较

同点

一、孟荀二子之论证"性善""性恶"，同为依据性之作用以立言，而非溯及其原始。

二、二子一唱性善，一唱性恶，同时而又认许性恶性善之另一面。

三、二子论性均发出于一元论，而结果则归宿于二元论。

四、其究极均重视礼义。

异点

### 孟子

一、发出于德性的一面而唱性善论。

二、以先天良心说、四端扩充说为其立说之中坚。

三、以道德之要在于扩充善端，积极的。

四、以仁义礼智为诚中而形外。

五、于论理发展之必要上，认许情欲的一面——性恶一面。

## 荀子

一、发出于情欲的一面而唱性恶论。

二、以生物的欲望说、个人主义说为其立说之中坚。

三、以道德之要在于制欲、消极的。

四、以礼义文理皆圣人之伪作。

五、于论理发展之必要上,认许德性的一面——性善一面。

**性可能说** 于孟子高唱性善论之际,又有高张其他性论之旗帜者,即(一)性可能说;(二)善恶混合说是也。而性可能说,即与孟子论争最有力之告子其人之说。今为叙述其要点于下。(第二说之主张者为谁,孟子不曾明言,由王充《论衡·本性篇》,则知为因人石硕之说。)

告子以为性无善恶,其善其恶,一依教育之如何而定。毕竟理由何在,当局不曾有明了之解释。只于一二杞柳、湍水之喻,而得窥见其梗概。观其言曰:"性犹杞柳也,义犹杯棬也。以人性为仁义,犹以杞柳为杯棬。"此言人性本无仁义,一如杞柳之本不成为杯棬。一经作为,则杞柳形成杯棬矣。仁义之形成亦犹是也。又曰:"性犹湍水也。决诸东方则东流,决诸西方则西流。人性之无分于善不善也,犹水之无分于东西也。"其意以为人性之即于善恶,一依外力之教导所致也。又告子采"生即性"说,而言"生之谓性",则似又辟一途径。

以上告子之性说，至少可得两种之解释。即（一）人性素无何等善恶之白纸比况说；（二）有亦善亦恶之可能性，而其自体仍无善恶之可名说。毕竟告子果为前者之意与否，吾人不敢断言。何则，果如是解，则善恶皆自外起，而于吾人之自体无何等之干涉。且善恶标准之起源，亦永久不能为内在关系的说明。其极不至没却道德自律的本义不止。若以第二意义解之，则可免于上述之非难。盖此适合于人性之事实故也。

此外唱"性可能"之说者，有汉之董仲舒。但董子之可能说，非兼善恶之两面，而专指善的一面言之也。故此与孟子性善论异致，而为一种善的可能说。董子以为人有为善之可能性，故由教育之力而得使之到达于善。彼则比于种种之事物而为之论。曰："性比于禾，善比于米。米出禾中，而禾未可全为米也。善出性中，而性未可全为善也。"（《春秋繁露·深察名号篇》）又比之于丝与茧。"茧犹性，丝犹善，丝由茧出，而茧未可全为善也。"（同上篇）此与前之论法同。

董子更进而推广其说。以为人有为善之可能性，启发而成就之，责在君师。观其言曰："善与米，人之所继天而成于外，非在天所为之内也。天之所为，有所至而止。止之内，谓之天性。止之外，谓之人事。事在性外。今万民之性，有其质而不能觉，譬如瞑者待觉，当其未觉，可谓有善质，而不可谓善。与目之瞑而觉，一概之比也。静心徐察之，其言可见矣。性瞑而未觉，天之所为也。效天所为而为之起号，故谓之民。民之为言，固犹瞑也。性如茧如卵，卵待覆而为雏，茧待缲而为丝，性待教而为善，此之谓真天。天生民性，有善质而未能善，于是为之立王以善之。"（同上篇）由斯以观，彼以教民为善为天子之任务，天子之所以受天命者全在于此。然则性善之可能明矣。

然则董子全不承认恶之存在乎？是又不然。彼固认许人有贪性之潜在也。观其言曰："人之诚（性），有贪有仁。贪仁之气，两在于身。身之名取诸天。天两有阴阳之施，身亦两有贪仁之性。天有阴阳之禁，人有情欲之袄，与天道一也。"又曰："袄众恶于内，不发于外者为心，故心之名为袄。人之禀气，苟无恶者，心何所袄乎？！"（同上篇）由此观之，董子之所谓贪，即伦理学上之恶，生物学上之欲望。虽然此之欲望，由教育而抑制之，则亦不碍其为善人。惜乎董子之说，尚有所未备也。

**折衷说** 折衷说即调和上述诸说而自为一说。其中包含善恶混合说及本然气质说之二者。

（一）善恶混合说 孟子之性善说，困于恶的方面而其词未伸，荀子性恶说，则又困于善的方面而论理欠澈。于此而善恶混合说以起，此绝非不可思议之事。

此说之先驱者，已显著于孟子时代。即前所举石硕之说是也。而正式标此旗帜者，则为汉之学者杨雄及唐之韩愈。

先述杨雄之说。彼以为元来吾之人性，有善恶之二因子。故修其善而助长之，则为善人，修其恶而放任之，则为恶人。故其言曰："人乏性也善恶混。"（《法言·修身篇》）但如何认取善恶二者之存在，彼则未曾明言。以意推之，恐不能舍经验事实而他求乎。

次再推广杨雄之说如次。假设有可善可恶之常人于此，或则日新又新，终为上达之君子，或则自暴自弃，终为下达之小人，发端甚微，而流品甚著，总之不外助长善恶两因子使然。此亦事实推演之所必至也。

杨雄于此善恶因子之外，又认所谓"气"者一种心的能力之存在。气即今日之所谓。意气及意志，而其职能，即在支配善恶因子使之各著其效能。观其言曰："气者所以适善恶之马也。"（同上篇）依彼之见，则善恶之因子，当由此马导引而驰逐于不可逆测之前程。故马亦得谓为直接之原动力。至如何使用此马，则又不能不责之各个人。

次述韩愈之混合说。彼于批评孟、荀各家之性说而已自定其立场。观其言曰："孟子之言性，曰：'人性善。'荀子之言性，曰：'人性恶。'杨子之言性，曰：'人之性善恶混。'夫始善而进恶，与始恶而进善，或始也混而今也善恶，皆举其中而遗其上下者也。得其一而失其二也。"（《韩子·原性》）

由此见地，而韩愈乃唱道其性有三品说。彼之言曰："性者与生俱生也。情者接于物而生者也。性之品有之，内容凡五。性之三品即上、中、下。上者善而已矣，中者可导而上下也，下者恶而已矣。其所以为性者五：曰仁、曰礼、曰信、曰义、曰智。"（同上篇）

然则三品与五内容之关系如何？韩子之解答如次。上者主一（信）而行四（仁礼义智）。中者于一，不少有焉，则少反焉。其于四也混（混有四德之意）。下者反于一而悖于四。（同上篇），此以孔子、子思等之三品说及五常说而配其性之善恶论者也。

韩愈于情亦分三品。其言曰："情之品有上中下三，其所以为情者七：曰喜、曰怒、曰哀、曰惧、曰爱、曰恶、曰欲。上品之情，动而当其中。中品之情，或甚或亡，然而求合其中者也。下品之情，亡与甚直情而行者也。"彼又述性与情之关系，而曰："性上者情亦上，性中者情亦中，性下者情亦下。"（均同上篇）其明证也。

要之韩愈（汉儒同之）之性说，杂糅古来之诸说，只于折衷调和而止，殊不见有何等之进展，其极则流于复杂茸阘之嫌，此固无能为讳者也。

（二）本然气质之说　此之性说，即所谓宋儒之说，始唱者为张横渠及程伊川。此观于朱子之对或问，益可明了。其言："此说起于张程，某以为极有功于圣门，有补于后学，前人不曾发挥及此。"（《朱子语录》）然则两人之说，就当居先？此当推之张横渠。张子诚《明篇》云："形而后有气质之性，善反之，则天地之性存焉。故气质之性，君子有弗性者焉。"所谓"天地之性"，即本然之性也。张子于程子为先辈，故以张子为此说之始唱者为至当。其后详细阐明者有朱子，故以朱子之性说为中心而论述于次。

朱子本然气质之性论，当然继承张程二子之传统而来。今概述其内容，彼固主张理同气异之说者也。其言："人及万物，禀天地之理气而成形。理成其性，气成其体也。《中庸》'天命之谓性'，即表明理性一致之意。盖天即理而人性之所禀受者此也。然则以理为性，则不仅人与人同，人与万物亦无不同。此之谓'本然之性'。然则人之与物甚至人之与人而其性有异者何为乎？此则依于气禀之正偏而有殊也，即气禀之偏者为物，正者为人。又在人，则气之厚且清者为圣人，反之而薄且浊者为庸人。此之谓'气质之性'。本然之性，无有不善，气质之性，有善有恶也。"（《朱子语录》）此言本然之性，乃天理之所形成，故无有不善。气质之性，则以禀受之不同，因而善恶为异致也。其以本然之性为纯粹道理之思想，此则张程以下宋儒通有之思想。由气质厚薄而生人性差别之思想——汉儒王充早论及之。故朱子此说，谓为折衷调和此等之思想，亦无不可。朱子又沿袭周子五行之说而发挥其性与五常之关系论。曰："得木性多者恻隐之心常多，羞恶、辞让、是非之心遂为所掩而不得发。得金气多者，羞恶之心常多，恻隐、辞让、是非之心遂为所掩而不得发。火、水亦然。故气质之性正者，阴阳合德，五性全备，所谓中正之圣人也。气质之性，有形体而后有之。"（同上语录）于此而新问题生焉。即理气二者之孰先孰后是也。解答此题，有当注意之两点：（一）理气先后之问题；（二）本然之性与气质之性二者之关系是也。

先论理气先后之问题。朱子对此之答案曾并称，（1）理先气后；（2）气先理后；（3）理气无先后之三说。而此问题，应依上记三说之一而解决之，因而朱子之说毕竟陷于矛盾不彻底。（参照后引服部博士批评义）继此而论两者之关系。朱子以为"在议论上，性之为性虽有本然气质之分，实则二者非个别存在，且必相倚相待而理始大彰。举例言之，本然之性如水，气质之性如器。水无器则无所依，无气质之性则本然之性亦无所丽"。（同上语录）其为设喻诚工，但将本来二元的两物，牵强而撮合之，其不免于僻论之讥宜也。

补　朱子之性说批评——服部宇之吉氏

就理气而论性，其中含有多许之问题。其一：理气先后之问题。即天地肇生，"理先于气乎？""气先于理乎？""抑二者无先后乎？"诸种问题是也。此问题，换言之为"理离气得存乎？"或"气离理得存乎？"。若谓天地之始先有理，则此理则离气而得存。反之先有气，则此气离理而得存。有理而无气，则所谓理者为何？！有气而无理，则气又成何状态。理气并存，则理行于气，气中有理，二者非可相离而立者也。

理气先后之问题，当于理先气后、气先理后、理气无先后之三说中，取其一而解决之。朱子则兼涉三说，是以欲解决而终于不能解决。此其为说之自相矛盾也。以理为性之原则,气为形体之原则,性专言理,形体则专言气。而理为一本,气则万殊,人物之别,不在于理而在于气,换言之即不在于性而在于形体。人与人之区别亦然。此人物之所以性同而气异也。

然而朱子一方又立人物气近而理绝殊之气同性异说,而其矛盾遂愈不可掩。此由兼采理先气后及气先理后二说而生之难题也。

且朱子亦尝取理气并存说者。即理行于气,气中有理,此以形容杂理与气质之性也。杂理与气,则理为气掩,其发现必感不完全之苦。抑所谓气质之性有善而有恶者,自其理之完全发现与否言之也。不能离气而存,则理非常在气中耶?即一言性非一气质之性已足耶?又气质之性以外,所谓本然之性者又于何求?朱子于此不得不又为"气质之外无另一性"之言也。何则,理行于气,气中有理,此而认为气质之性,则本然之性,毕竟为一空言。此朱子性说所含矛盾之点也。更就其本然之性所以为善者观之。既以理为性矣,因而感于与恶并立之善说性之不可,遂又解善为"无恶"及"无不善"之义。不知消极的"无恶"之语,要之即积极的至善之义,如此仍无补于立说之难。宋儒又有以性善之"善",解为"善哉善哉"之赞词者,此亦感于善恶之"善"以名理性一致之"性"之难也。盖理性一致之"善",与孟子释"善"之意义全殊,此就理之发现真实无妄者言之,与《易·系辞传》所谓"一阴一阳之谓道，继之者善"，及《中庸》"诚者天道"之诚字同义。又此理性一致之善，或以当《中庸》所谓"未发之中"。盖自其妙含万理而寂然无形者言之。然以自然化育功用之理为善，及以妙含万理未发之中为善，毕竟不免于矛盾，盖由前之说，可云性善，由后之说，则当不可附以善恶之名。此朱子所以又云"性不可以善恶名之"也。不可以善恶名，则解之为"无恶"或"无不善"者，得破此矛盾乎？如其不可，其矛盾具在也。况乎理之发现，既常与气相辅而行，在天地而得为善者，何以在人而独否乎？！气质为恶，此又不可解之一大矛盾也。

宋儒又言去物欲则本然之妙自见。物欲，盖气质之可以掩埋者也。去之，则被掩于气之理可以完全发现矣。如谓含于气质之理并不妨碍其完全发现，则陶冶气质回归本然之非不可明矣。果尔则一"气质之性"已足，又何需于高张"本然之性"之为多事耶？（《东洋伦理纲要》）

要之朱子本然、气质之性说，一见似具调和之深衷，而其实则歧趋错出，诸见矛盾，殊无足观。

**性绝对说** 此说以性之为性，不仅为伦理的、社会的，更进而为哲学的、绝对的意义者也。例之老子所谓"放任于自然，则人人各归其所而天下太平"，此认性为绝对的善之明证也。而此说之著称者为宋之程明道。其他《淮南子》、胡五峰、李翱等属之。次述《淮南子》、程明道两家之说。

（一）《淮南子》 《淮南子》以人之性其体虚平，其状清净恬愉，其本能的倾向，本不可以善恶名。故人而能使其心归于虚平清净恬愉时，则不假人为、自然向善矣。观其论性之言曰："清净恬愉者人之性。"（《人间训一》）又："人生而静，天之性也。感于物而动，性之害也。物至而神应，知之动也。"（《原道训一》）又："夫乘舟而惑者，不见东西，见斗极则寤。夫性亦人之斗极也。"（《齐俗训五》）又："人之性无邪，久湛于俗则易，易则忘本，合于若性。故日月欲明，浮云蔽之。河水欲清，沙石积之。人性欲平，嗜欲害之。"（同上篇五）是其论性以无为为归。其论道之言曰："率性之谓道。"（《齐俗训一》）又："能原其心者，必为性去载，去载则虚，虚则平，平则其性不亏。能全其性者，必不惑于道。"（《诠言训一》）此言道之归于无为，亦犹性也。性道之旨既明，修为之道又如何？观其言曰："所谓为善者，静而无为也。所谓为不善者，躁而多欲也。适情辞余，无所诱惑。循性保真，无变于已。故曰为善易。越城郭，逾险塞，盗官金，篡弑矫诬，非人之性也。故曰为不善难。"（《氾论训二十三》）又："圣人之学也，欲以返性于初而游心于虚也达人之学也，欲以通性于辽廓而觉于寂寞也。"（《淑真训十二》）然则循性而行，自不难达于虚平恬静从容中道之圣境。总上各论，而《淮南子》盖以不思不勉自然而向善者为上，有意而学仁义礼乐者，乃末世矫强之行。盖人为为伪故也。

（二）程明道　明道之性论，即一般所称理有善恶说。依明道之所见，天地有生生之德而生万物，人即禀受此德散为众理而适用之于社会者也。因而此理成为人间活动之原理，而其中之混合善恶，自不待言。观其言曰："善者固性，而恶亦不得不谓之性。"又曰："天下之善恶皆天理，谓之恶者，本非恶，但过与不及之差耳。杨、墨之类是也"。（《二程全书·卷二之二》）此直指性之本原立言，与孟、荀二子性善性恶相对之见解有别。故其性为绝对的。然则何由而知明道之理与性为绝对的乎？此可由其论死生之道观之。其言："死生存亡，皆知所从来，胸中莹然无疑，止此理耳。孔子言：'未知生，焉知死？'盖略言之，死之事即生是也。更无别理。"（同上卷之六）由此可知明道所言之理，为广义之理，而性则为一切理之自身，至为显然。

由上述之见地，而明道盖乃又唱道"性无内外"说。观其言曰：所谓"定"者，动亦定，静亦定，无将迎，无内外，苟以外物为外，索己而从之，此以己之性为有内外也。且以性为随于外物，则当其在外之时，何者为在内乎？此有杜绝外诱之意，不知性之无内外也。以性有内外而为二本，又焉可语"定"乎？（同上答张渠书之一节）此即性无内外之意，依此见则一般以伦理完全为吾人性分内事，否则完全为性分以外者，胥失之矣。

**结论**　儒教性论之大者，概如上述。兹再批评其大要，更进而述著者大体之意见。

先就其大者观之。中国思想史上性论之见重者，在于孟荀告子诸人善恶纷纭各标旗帜以后。而孟荀二子立论之基础，皆为性之一方面，而不足为完全具体的性论。且皆窘于善恶反对之一面，游移其词至于堕二元论为无容讳言者也。故二子之性论，依具体的人性论衡之，均有缺陷。然而孟子之说，自有其相当之价值。何则，人之所以为人，特别在于社会道德性情之存在，生物性情之存在，其末焉者也。人类之性，既理性的倾向因而断之为善，论理上殊无可以非难之理由也。虽然人性毕竟为善与否，从具体的人性论衡之，其有异论为当然。盖"生即性"（理性一致）之人性，事实上为多方面故也。

然则汉唐宋儒之说如何？此各期中性说，或则与古代性说折衷调和，或则为形而上学化，并无何等进步之研究。尤其朱子之性论，一见似井然可观，而实则极为矛盾冲突，故此等性说，均难予人以满足。盖无科学研究的精神故也。且拭目以衡中国哲学史上之性论，何一而不为非科学的独断。唯告子之性可能论与善恶混合论，则有多少经验方法为差强耳。

以余之见，人性论非可止于评衡善恶问题而止。以学问之见地言，则有多种之研究方面。今举一二之例。（一）于如何方面发见有强力的倾向乎？如个人的、利己的倾向，或社会的、利他的倾向，此为社会学、生物学之研究对象。（二）于性中有何等类别之本能冲动乎？如知觉运动、饮食男女、自体保存、种族保存之本能，此为心理学之研究对象。而此均可为性的研究之一方面，即善恶论决不能该性论之全部。然而中国学者则惟断断于善恶论之范围而论不休，其所见为已小矣。

今姑舍此而返还于善恶之问题，即人性果善乎？恶乎？或善恶混乎？此观之于事实之真相，应姑舍去善恶之成见而不能胶执其中之某一点。何则，所谓性者，以事实言，仅为单纯之倾向，究其实际，皆不过为人生现实之本体。故无论为饮食之性、男女之性，以及道德上之性，其间本无何等之轩轾。而自理想上观之，则显有善恶生焉。即助长理想的活动者为善，违反此活动者为恶。总之对于持为理想目的者，而善恶之观念以起。而对此理想的活动，其占位置愈高者为极高度之善，否则为顺次低度之善。更由对人于某种意味有价值而为认识对象之哲学考之，则在吾人认识上一切之性，于具此之完全意味者为善。即在吾人之具有性中，对于吾人理想的活动而不得不有何等之价值存也。此为"性皆善者"一派之意见。亦为一种绝对的性善论。

以上所述，非普通所谓之性善恶论。普通所谓之性善恶论，为相对的。由此点言，吾人之性有善而亦有恶，所谓善恶混者是也。即对理想的活动，有助成者，亦有妨害者。此在今日文化自身之为善为恶，又人类之为贤不肖，总之于道德生活上一观其规范之存在为已足。何则，社会之文化，总之为人性之表现。人性既有善恶，则文化自身，自不能无善恶质素之潜在也。

由此点言，则一般之性善性恶论固非，性无善无恶论亦误。唯有性可能论与善恶混论，其尚为近于实际乎。

由斯论究，具体的性论，孟荀宋儒皆不足以当之，彰彰明甚。而与著辈同时同主张之性论，亦不得不归于无聊喧呸之一途。此则学术研究之不发达无能无讳者也。

但从另一意见论之，于某种意味而性论之成立亦非不可能。此则有赖学者之努力焉。次举服部博士之"孟子性善论"以资参考。

**补 服部宇之吉氏之性论**

综而言之，人有各种之本能。自共通于生物者言之，有饮食男女之本能。自其适于动物者言之，有知觉运动之本能。于人类则有特殊显著之社会、道德的本能。凡此数者，皆可为性。古来言性，其对象容有不同者，专取其一为性故也。而人之所以为人，非为其有饮食男女之本能，亦非为有知觉运动之本能，实则社会道德的本能高出一切故也。然则孟子认许情欲之性，而不谓之为性，惟以四端之性为性，可谓得性论之旨矣。人虽生而有所以为人之具，不使之长养发达则不全，此教化之所以为必要也。以遗传论，则人性同，而社会道德本能之存在则不可否定。故孔子于其同者而曰"性相近也"。先天之本能与后天之经验习惯，相待而个性以成，其成就至有霄壤悬殊不可企及之处。故孔子于其异者而又曰

"习相远也"。(《东洋伦理纲要》四十二页)

著者曰：上述服部博士之孟子性善论，较之昔贤之性论，固自有其优胜之点，而亦不可谓完全具体的性论。何则，在"生即性"之人性中，服部博士之社会、道德本能以外，尚有相反之诸种本能故也。例之利己本能、破坏本能及其他浪漫本能，一番其他心理学书，则固不少概见。而不注意此等反社会、反道德一面之存在，遽尔作肯定之性善论，是仍不免片面的议论之讥。尤其博士以此社会全体之善恶，从何而来乎？总之余以此为起于人性之自身，不容否认。盖一切文化基于人性内容创造而出者也。而无不能生有，博士之论只注重社会一面，而未推究其本原，此则余之所期期以为不可者也。

# 第四章 何谓道

所谓道者为何？此则因学者派别之差而有种种不同之解释，然自形式方面而诠释之，则道要之为道路之义。人生日用不可离之道，与夫来往率由之康庄孔道同，此道之所以名，而为一般通行之解释。以后主要释儒教之道，而其他亦略及之。

**意义** 考其原始字义，吾人行动规范之道，即今日所谓德与一般熟称之道德。而在孔子以前，道德尚属分途。然则其意义如何？《周礼·天官》之宫正，有"会其什伍而教之道艺"一语。郑注："道者先王之所以教导其民，艺礼乐射御书数之谓。"又《春官·大司乐》载："凡有道有德者使教焉。"郑注以"道为多才艺而德为能躬行者"。又《周礼》冢宰之职，并言师儒，而于师言贤（以贤得民），于儒言道（以道得民）。而此所谓儒，即诸侯保氏之以六艺教民者。征之于此，则道当为艺术礼乐刑政之通称。故道与艺通常亦称道艺。以擅长道艺而称之为能者，擅长德行而称之为贤者。又《管子·君臣》篇,"道者上之所以导民"。《国语·吴语》韩注又以道为术,而曰"道者术也"。然则道为艺术礼乐刑政之称,更无疑义。我国物徂徕氏,以道为统名而其言如下。"道统名也,此自人之所率由者言之。盖道为古先圣王之所立,使天下后世之人由之而行,而己亦一步一趋,罔敢逾越。故借喻于通行之康庄而名之为道。内自吾人孝悌仁义之行,外至国家礼乐刑政之大,合而名之,故曰,道统名也。"(《辨道篇》)盖举道德全体之总名而一以赅之。

与道关联而不可不知者为德。《礼记·乡饮酒》篇,则以德为得,即得道于身之意。观其言曰:"德也者得于身也。"故曰:古之学术道者,将以得身也。此则结合道德二字而为一体之道德。

由上述诸论加以己见而阐明之,其意则如下解。

广义之道,为道德全体总括的名称,亦即物徂徕氏统名之谓。盖吾人习常合道(狭义)与德而称之为道,一切反于忠孝仁义而目之为不道德,则一般之所公认也。

虽然从狭义之解,则道与德未能强同,其相异之点则如下述。

其一,道为客观的而德为主观的。即一言道,显然为客观的法则,与吾人日常所由之路无异。反之而德为主观的,《礼记·乡饮酒》所谓"德者得也",即此之谓。故人而体道于生活体之自身时,即名为德。

其二，德为个人的而道为社会的。何则，德之内容，不待言为道之自体，如是则德与道为一致，而德为道之个人获得的结晶，在个人个性存在之范围，而德之胚胎共具焉。换言之，德为诸多异中心的形成。道则起乎个人而为社会的。因而为社会全体一致之规范，无例外之原则。以此较德，在个人行动之范围，无强合于他人之理由。

其三，德为有限的，个体灭亡而德之体亦同时消灭，道为无限的，与社会（民族）共垂久违者也。固然立德不朽，其人虽死，非无几许之影响。圣人之"生荣死哀"，其明证也。但此非德之自体而为其影响，其体则早随个人之死亡而消灭矣。而道为超个人的永久的存在，此当然为社会自体之本质。但道亦非固守旧质，不改新机，彼则伴社会人人之新陈代谢，而与世代之变迁共其进化者也。其体无限，不似德为有限的，而生命力之悠久，几为不朽之原则。此则稍谙社会学者之所共认也。

依据上述诸点就狭义之道而下定义时，当如下说。"道者德之概念而为客观社会活动的规范，一切习惯、风俗、礼乐、刑政，皆其具体的表征也。"

虽然道德本非有二，即非并立主观、客观之两者。盖根本原理不当有二故也。所谓主观的德，客观的道，不过为讲说上之便利。读者幸勿误解可也：

**原始儒教之道** 儒教之道，略言之为儒道，此外亦时称为尧、舜、文、武、周公、仲尼及其他圣人、先圣、儒者之道。盖此道发于尧、舜，经禹、汤、文、武、周公，至孔、孟而集大成者也。固然此外儒教之道，不无与此异趣者，荀子、宋儒之道是也。

原始儒教（至孔孟时代）之道，其特色比之其他老庄、宋儒之道，显然为形下、实践的特质。盖老子以自然之道为道，宋儒以本体界之理为道，而此则以日常人偷之道为道。固然虽儒教亦不能置天道地道而不言。然而与老庄一派及宋儒等，假定本体界之大道，然后由此而演绎人道，二者显然异趣者也。盖儒教之道，以道为基础而着眼于性，更进而到达于天地之道故也。要之二者一则为演绎的，一则为归纳的，其实质则大相迳庭焉。

然则原始儒教之道为何？先就三代观之，其最为卑近者，不外以五典、五品、五教等语，而表明日常实践之彝伦。至五典、五品、五教为何，至今仍属茫然。但此为当时人道之自身，毫无可疑之余地。而其原理，不外一中之观念。即人而能为无过不及之行动，则于任何方面之彝伦，敢信其无应付失当之处。所尤为重要者，为父母兄弟亲子间之"义、慈、友、共、孝"之五者。后世之五伦五常说，即于此发其端。而此卑近的日常彝伦之道，随社会之发达与文化之进步，内外扩充，至周则成"郁郁有文"之观。周之文即周之礼也。前言道为礼乐刑政客观的彝伦，于此益得其理由之所在矣。

进而言之，以道为礼乐刑政，而其本义，存在于礼乐刑政原理之自身，自不待言。从原理方面研究此道者，为孔子其人。

彼之"祖述尧舜、宪章文武"诸语，即昭示此理于吾人。何则，孔子之道，一面基于三代以来之伦理，一面存于客观规矩之礼乐，至为显著者也。

所谓孔子之道为何？直言之为仁，缕述之为君臣、父子、夫妇、兄弟、朋友、五伦之道，即义、亲、别、序、信之五常。但孔子于口语上，不曾连称此五者，而实则一一具备于其思想之中。故分其目为五，或更增多，要之不外一仁。故曰："吾道一以贯之"。又此仁为道之质素的表明，客观的表明则为礼，更形式的规定则为中庸。要皆道之同实而异名也。（参照第三篇"《论语》研究"）

孔子之道为仁之一字，子思以诚及中庸之语表明之，更分为五达道，孟子则以仁义二者表之。孟子之仁义，详述之为仁义礼智，以五伦之名称分之，为亲、义、别、序、信。此五伦五常，实为原始儒教之道。然无论为仁、为诚、为仁义，要之为义、亲、别、序、信之本体也。

次之问题，即道之起原如何？换言之即道何自起，如何而生之问题。

对此问题，主要与以深远（哲理的）解释者，不在孔子而在子思、孟子。换言之，即不始于《论语》而始于《中庸》《孟子》。盖两者将孔子大成之道而使成为有系统之合理化、组织化为任务者也。此于《中庸》一书最为显然。

先论道如何生之问题，依儒教——子思、孟子——之说，则此实渊源于人之本性，子思"率性之谓道"、孟子"良知良能"之发现，其谓此也。故道亦可谓为本于"人性之固有"而生。此与老庄之道"本之自然"者大异其旨。而荀子则以道（礼）为由于圣人之伪作，一面。又认其发出于人类之德性，此亦可为道原人性之一说。故孟子对告子仁内义外之论，而以义亦为内，其言"仁义礼智，非由外铄"，即其明证。又道既出于性，自为吾人日常率由而莫能外。《中庸》所以又言"道者不可须臾离也，可离非道也"。其意义至为明了。

虽然所谓性者，不仅如孟子之德性，而亦兼有荀子情欲即《周书·召诰》节性之一面。因而依其本性而行，欲以放射道之异彩，发挥道之真义，毕竟为不可能（今之自然主义，即此之类）。此道之修明所以为必要也。换言之，即由自然之道而点缀成人群之道为必要，而此惟圣人能之。此几经修明之"人伦之道"，换言之即自三代以来圣王之修明，更经孔孟大成之儒道。因而道者，亦得谓为本于人性之特有而发挥光大之者也。此特有之性，非饮食男女之欲，实为社会、道德本能所使然，孟子固曾言之矣。孟子又言道德萌芽之端，有恻隐、羞恶、辞让、是非之四者。函养而发挥之，其得成为完全之道（仁义），自不待言。

以上仅言道本于性，尚未加以根本的说明。若再进而追溯人性之本源，则不能不归之于自然之理。然则其本源为何？儒教于此则始言"天"。即人与万物既同为天之所生，则其性亦当同发于天而与天道同体。而此之论理，与近世科学的伦理学之研究同趋。何则，哲学的论究，其归宿为能究明故也。

道之本源在天，《中庸》既明言之。所谓"天命之谓性，率性之谓道"是也。又《易》亦言之，"一阴一阳之谓道，继之者善也，成之者性也"，依此思想，则人与天为同体。岂惟人与天为然，天地人三者亦皆同体者也。《易》曰："立天之道曰阴与阳，立地之道曰柔与刚，立人之道曰仁与义。"为其明证。要之，道者本于人生之固有，鉴于天而修明之者也。此不言圣人之作为而言修明者，为表明道亦自然之所产，而非如荀子之所谓伪作者也。而惟此天为儒教究竟的根据。

此外儒教之道所谓仁及仁义，非无阐其本质之必要。而此已于"《论语》研究""《孟子》研究"两篇详之，兹不赘言。

于此有当附陈者，因阐明孔道之真义，有不得不连类及之者，为老子之道。

如前所述，孔子之道，为吾人日常生活之彝伦，故其特色，在于卑近实践之一点。老子反之，以天地自然之道为道，而儒教所言之人道非真道。然则老子之道如何？依吾人之所见，老子之道，至少含次之三概念。（一）强去一切差别之相对，而为一无极绝对的本体；（二）为天地万物之根兀；（三）无名无象之冲虚体，同时而为一切定名著形之实在是也。

前述老子之道最重要之三概念，可以列老子之文义证明之。老子开端推言道之所从出，而归之于虚无至静。其言曰：

"道可道，非常道，名可名，非常名。无名天地之始，有名万物之母。故常无欲以观其妙，常有欲以观其徼。此两者同出而异名，同谓之玄。玄之又玄，众妙之门。"玄即虚无至静之总名也。老子又即无欲观妙而模拟其状态。其言曰："道冲而用之或不盈，渊乎似万物之宗。挫其锐，解其纷，和其光，同其尘，湛兮似若存。吾不知谁之子？象帝之先。"此于无欲之妙，形容可谓宛肖。老子又申前万物之母，而有名之四大，即原本于混成无名之物。其言曰："有物混成，先天地生。寂兮寥兮，独立而不改，周行而不殆，可以为天下母。吾不知其名，字之曰道，强为之名曰大。大曰逝，逝曰远，远曰反。故道大、天大、地大、王亦大。域中有四大，而王居其一焉。人法地，地法天，天法道，道法自然。"毕竟自然之道，为唯一之道，故老子以此纯理哲学应用于人生，而唱自然主义，返真主义。盖以真道存于自然，而欲冥合此自然之粹美，到达于一切人事之理想者也。因而道德为离去仁义礼智之法则，而回归于赤子淳一之天真，政治为去刑罚法令之烦文而返还于无为自然之化育。其他摄生则归于寡欲，涩神而精一其气，而真生即解脱生死之境而以虚无之道为体者也。盖此为其当然之结论。兹再述其重自然而恶作为之言论如下。其关于尚自然者，如"道之首、德之贵，夫莫之名而常自然。…生而不有，为而不恃，长而不宰，是谓玄德"。其关于恶作伪者，如"天下多忌讳而民弥贫，民多利器，国家滋昏，人多伎巧，奇物滋起，法令滋章，盗贼多有"。又曰："大道废，有仁义，智慧出，有大伪，六亲不和有孝慈，国家昏乱有忠臣，绝圣弃智，民利百倍，绝仁去义，民复孝慈，绝巧弃刑，盗贼无有。"此则又谆谆于去人为而返自然矣。

虽然老子之道，亦非全然否定人道。此于次之征引服部博士之文而知之。

**补** 老子之道如何—服部宇之吉氏

道之名为尚矣。原其始立，则自孔子、老子。老子之道与孔子之道有别。老子以道绝对无限之原则。故不可以相对之物名之。示有限之物名，不能用为无限之道称。故曰"道本无名"，而强名之则曰大，字之则曰道也。所以称为道者，先天地而存也。然然所谓"混成"何义？凡事之属于形而上者，则不可以混名之。一言混，则其道即非纯然形上的原则。此如《易·乾凿度》及《列子·天瑞篇》，"所谓气形质三者混沦相杂而未剖判"之情态，与儒教所谓"一元之气"同。但一元之气包含动静变化之物，而气中有理，理非超然于气之上也。老子则特抽出动静变化之理，名之为道。故老子之道，一面则自气形质三者之未判言之，一面则自其动静变化之理言之。由前言之，则万物皆自道生，由后言之，则万物皆依道而生也。万物既生之后，又统名之为道，此自气形质三者混沦未判之道来，以较动静变化之道，则此为总万物而名之道，范围之广狭，固自不同也。老子之道，常兼两面意义者以此。

万物皆自道生，其次序则先判于气，一气判而为阴阳，更生冲和之气。阴阳二气，性相反也，二气冲和而万物生。盖阳气之精成天，阴气之精成地，由是而天地生。冲和之气行于两间，天气下降，地气上升，二者有饱和之可能。天地二气合而人物成。儒教言天始之，地生之，或天生之，地成之。而老子则云道生之，德畜之，或物形之，势成之。盖德亦气也，万物依道而生，依气而养，天地二气合而万物形。形有上下四方，即空间之安排有定也。势由上下内外之相关而生，故曰：势成之。而动静变化之理无已，故万物之生生化化亦不已。生者以时而化，生化循环不已，此道之所以为大也。然则"物化"如何？曰，化而复归于本也。复本者，其即返还于自始混成之情态乎！即宇宙而复其天地未判之始，更由此情态而启新机乎！老子言天地悠久，不言宇宙之生化而言物之生化者此也。然则物之化复于天地而止，天地自身则无复于道之理。是故道生德养，实则仍为天生地养而已。于此意味，而道可作一天观，德可作一地观。道者，无知无情无意，其生化不已者，一皆自然而然。此道之所以为自然法则也。有此自然法则，万物以生以化，循环不息矣。万物之生，有自然之次第。生生之极而有人，人能返还于道，道之生化，为一大循环。人之所以能返于道者，谓其致虚守静，入于道而与道冥合也。致虚者，去我见而归自然，守静者，去私欲而清尘扰。盖万物之中，人最多知而亦多欲。知欲本自然所生，未可言去。唯人执我见而持私知，以己律物，欲随知动，遂去自然而日远矣。诚能去我见私知而返自然，则知为自然之大知，欲亦不出自然大欲之范围，至是遂与自然一致而与道冥合矣。此老子虚静之说也。以此处世，则物之来也不迎，物之去也不送，吉凶祸福成败利钝，皆去人力而返自然，忧喜悲欢，不形于心，动静行止，皆合于道，此仁义礼法之用也。

但老子所谓"从自然"，非否定社会生活，亦非否定国家生活也，社会国家亦自然形成也。而由虚静主义言之，则不用仁义礼法，人皆自足而全其生矣。盖仁义礼法，其过涉人为而违自然者，此自在排斥之数。老子之说，屡说兵刑，兵刑不得已而用之，尚不背于自然，岂有仁义礼法而独可绝对排斥之乎？唯其涉于人为者，则不能勉强迁就耳。其后庄子，于老子之道为更进一步，而其书喜诋圣人，击仁义，一细读之，则知其反对拘泥仁义之末节，而非迳反对仁义。非曾参史鳅之行，而非迳非圣人。君臣之义，父子之恩，无所遁于天地之间也。要之老子之道，本自然而说仁义，孔子殊不类是也。（《东洋伦理纲要》四四至四八页）

**荀子之道** 同属儒教系统而异其道之解释者，为荀子与宋儒。今就荀子之道言之，荀子之道与孔孟之道异者，至少则有下述之二点。（一）道之起源；（二）道之本质。

先就道之起源观之，在孔孟则以道之本源在天，而受成于人性，盖德性为人生所固有也。换言之，则人性本善，道之渊源亦不外是。而荀子之道与此异趣。即依荀子之见，则道乃圣人之作为也。其言"为善者伪"，即其明证。彼以人性本恶，一放任之，则人类将有不能完其生活之势。因而荀子则重外部强制的设施，遵守此之各个人，于内部本质无何等之关系，此点则于孔子之道大异。何则，孔子之道，发于各个人之本性，是明明于内部本质有关矣，而其与荀子异者此也。

次比较其本质，则亦有显著之差异。即孔孟之道，起自本性之仁及仁义，详言之即五伦五常主观的道德是也。由依荀子之所见，则道之为道，显然属于客观方面之礼乐刑政。故孔孟之道为自律的道德，而荀子之道则为他律的道德。何则，彼之所谓道德，一如礼乐刑政之依达于客观的规律故也。吾国物徂徕氏之说，及后世刑名学派之道，皆所此旨。此则先天良心说与经验说本质相异所使然也。

**宋儒之道**　荀子之道，与孔孟之道有如上之差异。而其立说之为科学的（非形而上学的）则同。至于宋儒，于孔孟之思想，更加入老庄思想、佛教思想，因而成为一种特殊宋儒之道。

宋学起于周子，中经张、程等子，至朱子而大成之。今先说明朱子说中心之道的观念，依彼之见，则宇宙之本体，为无极太极之理。即"太极者天地万物之理，在天地则天地一太极，在万物则万物亦一太极"也。而道总之不外此太极阴阳动静本体之总称。

朱子又唱"性即理"说,而谓"道者即所以率由其性之理"也。《中庸》"率性之谓道",即此之谓。《章句》释之:"人物之生,因各得其所赋之理以为健顺五常之德,所谓性也。人物各循其性之自然,则其日用事物之间,莫不各有当行之路,是则所谓道也。"此"性即理"说之明证。

由此观之,宋儒之道与孔孟之道,显然分途,即孔孟之道,为日常彝伦之人道,宋儒之道,为宇宙之本体、形而上学的实在。此外宋儒之道为理性的静寂,与孔孟之道为人事的繁颐,亦其区别之一点也。

**结论** 关于道之解释而有上述之诸说。要之所谓儒道,即舍孔孟之道而外无余事。荀子之道,则惟见道之一面而未及其全体。尤其宋儒之道,则亦自成其为宋儒之道,而与孔孟之道有显异之特质。况于老佛之道乎?兹再复述前意:儒教之道,除孔子之仁、孟子之仁义,即除日常卑近彝伦而外无他道。而此道本于人性之固有,置其本源于天,此为儒教之哲学的基础,实则此道为儒教之真道。

# 第五章 何谓教

道既立矣,于此不可无教,《中庸》故曰:"修道之谓教。"由此观之,儒教之教,即修道之谓。而道不外仁及仁义,更详言之为五伦五常之道,业于前节详之。兹再就儒教之教,阐明其真义于下。

**意义** 先就其字义言之,教者于邦语为"ユシユ"。此"ユシユ"由"爱"字意义而来,并育字而为教育。但教字意义有二。一为名词之意义,即邦语之"ユシユ",包括教育材料及其内容,换言之为教义,实则仍为道之自身。二为动词之意义,即使被教育者有以体得此道者也。此自主观方面—教育者—言之为授道,而自客观方面—被教育者—言之为修道。《中庸》之言,即此之谓。试考中国文明史,教之文字为最早见。例如《尧典》五教,至与育字相并而为教育之熟语者,则孟子之乐中所谓教育是也。

然则其内容之表示为何？此即前言主观方面之授道、客观方面之修道是也。是故所谓道者，如前简称之仁及仁义，又为五伦五常之道。而详细观察之，则为授与完成天命之道又为修得之义。而天命有二方面，即气数之命与性命是也。广义之教，即完成此二者不使稍留余憾而已。而前者（气数之命）为节性之道，后者（性命）为弥性之道。节性、弥性，如前屡述，一为节其情欲之性而一为弥其德性。盖心有情欲之性与德性之两面，而前者惟能节之而始得发挥其命，后者惟能弥之而始得完成其命故也。

转而思之，气数之命欲使其适度者，必有需于何等客观的规则。换言之为礼乐刑政，简言之为法。盖惟此始能发挥其中道本身之价值，而有贡献于性命之实现也。名此之设施为政。性命之命，则以发挥实现其德性为目的。德性即孔子之仁，孟子仁义礼智之心，约言之为仁义，更别言之为孔孟五伦五常之道。此为狭义之教。而此政、教二道，均以完成天命为必要。论者或以孔子之教，专重教而斥兵刑，不知孔子只斥专用刑政之非，非绝对排斥兵刑而不用也。此征之尧舜之用兵刑，老子、孔子，均有明文而知之。德本也，兵刑末也，有本无末，不足以济政治之穷。圣人决不如是之迂也。

如上述之政教分途，此为狭义之解，而此两者，广义言之，名之为教为最宜。盖此二者，皆所以完成天命之本体而不使留缺陷者也。

**政教一致之思想**　教之意义既明，而此外应行注意之问题，即中国政教一致之观念。政教一致，谓政治与教育并为一途也。

《孟子·梁惠王篇》引《泰誓》而言"天降下民，作之君，作之师，惟曰，其助上帝，宠之四方"，此则显然表明政教一致之意。盖天生下民，而民不能自遂其生，自全其命，故命聪明睿知而有德者为君，治之教之，而后各有以遂其生而全其命也。

此事已于释"天"一章述之，实则天之意亦不外是。故为君而行政治，不外使斯民遂其生（气段之命）而全其命（性命）。而此两者，皆所以完成其天命者也。是故政之内容，即在授与全生之道，使之为无遗憾而后快。尤其孔子之教，其要全在道德之自身。换言之，政治之要，在使斯民全体慕义响风而为仁义，养生送死而无遗憾，此与霸者之功利政治迥异。盖至是则政与教为全然一致，无何等差别之可言矣。

由是观之，君主在政治上则为君，同时在教习上则为师。因而从政教一致之思想言之，不惟以一人而兼君师，实则君师之职责同也。故观中国古代之君主，其不能不为聪明睿知而有德者，亦事实之所使然也。伊古以来，伏羲、神农、黄帝、尧、舜、禹、汤、文、武、周公等，其被人讴歌号称政教两面之达者，盖为政教一致必然之归结。

**教之内容**　如上所述，广义之教，既为授与完成天命之道，其中个人一面之完成无论，而尤不可不为国民一面之完成。在政教一致之中国，实兼具此两面之特质也。换言之，在专以个人完成为目的仁义之道以外，不可不授与种种国民心得之道。此在今日教育学上，为国民自身之陶冶。然则国民自身陶冶之道如何？《周礼》大司徒之职，云："以乡三物教万民。三物谓六德（知、仁、圣、义、中、和）、六行（孝、友、睦、姻、任、恤）、六艺（礼、乐、射、御、书、数）之三者。其时岁时有聚民读法之制，此为今日之法制教授（社会教育）。又以乡八刑纠万民，此不惟督责其非而已，一面仍行明法之教。此则对于广义的人道教育，而为一种狭义的国民教育。

次之就教育行政机关与学校教育观之。在中国行政上教育机关与其他政治机关，同时并设。《尧典》有"使契为司徒布五教"，当时教育行政上之中央机关，称为司徒，此为《周礼》大司徒之始。但司徒不仅为教育行政机关，亦兼掌地方行政及租税，此则兼有今日我国之内务、文部、大藏三省职权者也。又地方则乡有大夫，党有士，此皆担任地方教育事务者。

学校则闾（由二十五家而成）有塾，党（由五百家而成）及州（由两千五百家而成）有序，乡（由一万二千五百家而成）有校或庠，京师有大学、小学，此其大较也。而闾塾外之地方学校，不施教育，惟定期而行射及乡饮酒之礼为原则。闾塾则集子弟于农隙而施日常浅近之教育。而此之塾、序、庠，皆为公立。此外又设科举之制而以拔擢人才为旨，此学校教育之大

凡也。(参考渡部政盛《西洋东洋日本教育史》)

**结论**

由上所述,"四书"思想之如何,大体可以明了,本书就此即行搁笔。而此所包含之思想,以今日伦理、政治、教育思想衡之,皆有相当之价值。至其与我国现代国民道德有极密接之关系者,则尤不容视为缓图。固然由现代之思潮观之,其中诚难免有应弃或不足之处。然不能因是而谓其全部无价值。且进而永久发现不灭之真理于此区区载籍之中,度亦非事之不可能也。

**图书在版编目（CIP）数据**

四书研究/日本教育学会著；王向荣译.—济南：山东文艺出版社，2018.7

（齐鲁文化研究文库）

ISBN 978-7-5329-5658-6

Ⅰ.①四… Ⅱ.①日… ②王… Ⅲ.①儒家②四书—研究 Ⅳ.① B222.15

中国版本图书馆 CIP 数据核字（2018）第 098916 号

责任编辑：冯　晖　房洪民
装帧设计：刘小军

## 四书研究

〔日〕日本教育学会　著　王向荣　译

| | |
|---|---|
| 主管单位 | 山东出版传媒股份有限公司 |
| 出版发行 | 山东文艺出版社 |
| 社　　址 | 山东省济南市英雄山路 189 号 |
| 邮　　编 | 250002 |
| 网　　址 | www.sdwypress.com |
| 读者服务 | 0531-82098776（总编室） |
| | 0531-82098775（市场营销部） |
| 电子邮箱 | sdwy@sdpress.com.cn |
| 印　　刷 | 山东临沂新华印刷物流集团有限责任公司 |
| 开　　本 | 890 毫米 ×1240 毫米 1/32 |
| 印　　张 | 8.25 |
| 字　　数 | 198 千 |
| 版　　次 | 2018 年 7 月第 1 版 |
| 印　　次 | 2018 年 7 月第 1 次印刷 |
| 书　　号 | ISBN 978-7-5329-5658-6 |
| 定　　价 | 58.00 元 |

版权专有，侵权必究。如有图书质量问题，请与出版社联系调换。